U0938738

我读 4

梁文道 主讲

凤凰书品 编

CNS PUBLISHING & MEDIA
湖南文艺出版社
HUNAN LITERATURE AND ART PUBLISHING HOUSE
博集天卷
CS-BOOKY

我读
4

目录

就是不帮衬地产商

金色笔记

好色的哈姆莱特

用物理学找到美丽新世界

孔子的乐论

真爱的功课

就是不帮衬地产商

《香港风格》

高密度生活

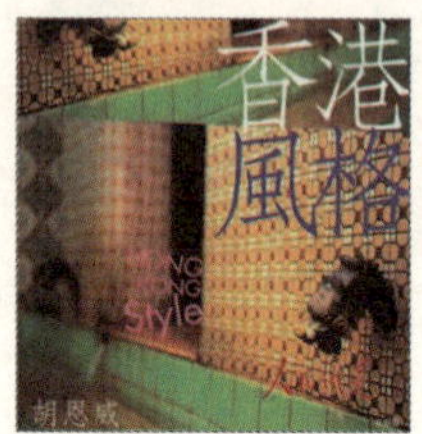

胡恩威（Mathias Woo），香港跨媒体文化人，曾在香港大学建筑系及英国伦敦建筑协会攻读建筑，香港艺术团体“进念二十面体”（Zuni Icosahedron）行政总裁，香港发展策略研究所主席。著有《香港漫游》《西九蓝图》《好风如水》等。

你的车子就在居民楼的窗户前一闪而过，甚至还能看见别人在房间里煮饭、晾衣服、晒被子。

来过香港的人都觉得这里很特别，这种感觉来自于紧紧包围着你的现实物质及物理空间特性。《香港风格》这本书就试图把这些特性描绘出来。

首先，香港的地理空间、城市规划、建筑乃至日常生活的设计都非常独特。作者建议大家到香港旅游时最好不要错过一些热门景点，如太平山顶[1]。从这里往下看，你会发现一种很奇特的景观，虽然下面排列着那么多鳞次栉比的高楼，但中间居然还有很多绿地。香港有六成以上的面积都是绿地，这在大城市中是很少见的。原因是丘陵地带不容易建房，所以都覆盖上了树木。

[1] 太平山顶是香港最高点，海拔554米，位于港岛西北部。从这里可以俯瞰维多利亚湾及九龙半岛，日落后可以欣赏有“东方之珠”美誉的香港夜景，是游人必到的景点。

香港地方小，楼房都建得非常密集，从山顶看下去，就像科幻片里描绘的未来大都会一样。比如在天桥上面开车，基本上就是在一些大楼中间呼啸着穿来插去，那种场景真是奇异。你的车子就在居民楼的窗户前一闪而过，甚至还能看见别人在房间里煮饭、晾衣服、晒被子。这种戏剧性的场面也是一种香港特色吧。

从建筑学的角度看，这种特色就是高密度。它当然不够科学，但问题是要在这么小的空间里经营生活，不管是建筑师还是政府、开发商，谁都想不出更好的办法来。

不过香港特色有繁也有简，香港地铁就极具“简约美”。如果你从机场搭乘地铁到中环，如窦文涛所言，那简直就是“无缝连接”。其实不同城市的地下铁都有自己的风格，莫斯科地铁是美轮美奂，而巴黎地铁则别具优雅。香港的地下铁看上去好像没有什么特别的地方，但这种无风格其实是一种极具现代主义的设计理念——“简约”，一切都以方便实用为时尚。大家在香港搭乘地铁会觉得路标特别清楚，在哪里上下车或进出月台都非常便捷，这就是一种简约美学。

可是香港的地面上又非常杂乱。走在旺角最繁华的街道，你甚至连天空都看不到，因为满天都是店家的招牌。这些招牌往往五花八门地叠在一起，楼下是一家很有文化感的书店，楼上却可能是色情场所，再往上也许是家卖钓鱼用品的小店。总之，它不像有些城市，不同种类的商品是区分开的，比如整条街都是摄影器材或手机，在香港却是什么都挤在一起。

因此，香港街头的人群也形形色色，在这里可以观察到很多香港人的故事，在不同时段所看到的是不同类型的香港人。下午三时以后是学生，五时以后是下班的白领，夜晚则是游客和一些很像黑社会成员的年轻人。你可以同时看到乞丐在夕阳的台阶下行乞，警察在慌慌张张地追捕疑犯，还有一些师傅正在旧式楼梯底下摆卖传统点心——这就是众生相。

当然有些现象一直很令香港政府头疼，比如街头的大排档。它们多半是一种铁皮箱子一样的装置，白天什么都看不出，一到晚上，就像变魔术一样，从里头搬出椅子、桌子来，还可以煮东西吃。政府总说这些排档又脏又乱，影响市容。其实这种街头小吃从北京到东京都有，它反而最能代表各地的饮食特色和街头文化。

（主讲　梁文道）

Uneasy Partners

商人利益左右香港政治

顾汝德（Leo Goodstadt），英籍犹太人，记者，经济学家，1989—1997 年任香港殖民政府首席政策顾问，曾任香港大学法律学院名誉院士。

无论过去的港英政府或现在的特区政府都觉得稳住商人是最重要的，这还是殖民时期种下的宿根。

香港是个经济城市，这个城市的主要动力和命运都定位在发展经济上。“经济”的本义是经世济民，它的发展应该能让整个社会都得到好处。可是在香港一谈经济，就会把焦点放在商人身上。无论过去的港英政府或现在的特区政府都觉得稳住商人是最重要的，这还是殖民时期种下的宿根。

Uneasy Partners（中文译名：《香港政经——公利与私利的冲突》）的作者顾汝德是个英国人，20 世纪 60 年代就在香港工作，在彭定康时期担任过政府官员。他退休以后写下这本书，书中透露了一些殖民地时期的统治特色，其中之一就是对本地商人的积极笼络。

回顾历史我们会发现，很多英属殖民地，比如印度和斯里兰卡，早在二十世纪二三十年代就开始实行局部的民主选举，但是香港一直没有搞。为什么呢？作者说那是因为英国人发现，这个城市的大多数居民都是中国人，而香港毗连大陆，他们害怕在民主选举中香港会倒向内地，反对英国，这种情形是他们不愿意看到的。为了把香港治理好，他们的策略就是笼络本地精英，其中主要是商人。所以也可以说，香港的政治过去基本上是政府与商界精英合作的格局。

这样的政治特色造成香港本地商界的势力特别强大，作者回忆，后来彭定康推行的很多政改方案都曾遭到商界反对。这些人明明是英国人培植起来的力量，为什么要跑出来反对呢？因为这些商人已经习惯了过去那种统治模式，他们认为如果在香港搞民主，一个背后有选民的政府会比较麻烦，他们也不大懂得如何跟这样的政府打交道，宁愿像过去那样，跟总督或特首关起门来把事情谈好就行了。

这样一来，香港很多政策的制定都受制于商人。在“亚洲四小龙”里面，香港的社会福利发展相对较弱，像公共医疗的推动就非常缓慢。直到二十世纪末，香港才有了一个针对雇员的强制性保险计划，而全民的医疗保险至今仍然没有。这在经济发达地区是非常罕见的，究其原因，就是商界力量在反对。

实行全民医疗保险，政府就要扩大开支，那就得加税，这样一来，商人最不高兴了。在他们的强烈反对下，香港政府很难推动一些大规模的福利计划，今天能享受到十五年免费义务教育的人并不多，念大学的人所占的比例也偏低。

香港政府还有过建造公共房屋的计划，当时也遭到地产商的反对，他们认为政府建公共房就等于抢他们的市场。直到后来，香港发生了一场大火灾，很多木屋被烧毁，政府才有理由去推动公共房屋的建设。当然他们也找到了一些可以两全的折中方案，比如把公房建在市郊，居民迁走以后，城市的土地就空出来了，地产商又可以利用它们发财。这样既完善了社会福利，又推动了经济发展。

为了实施福利计划，香港政府不得不每次都找出各种理由去争取商界支持：比如推行公共医疗服务的理由是为了确保劳动力的健康稳定，免费义务教育则是为了提供优质劳动力，帮助实现香港的产业升级。总之，香港从来都是把商界利益放在最前面。

这种政策显然会为香港带来很多后遗症。除了贫富差距增大，商界势力过于强大也造成了垄断现象的出现。比如香港过去的电视产业垄断在英商手上，码头则被“和黄”[1]垄断，而七大地产商几乎可以操控全香港的地产。虽然一直有人试图推动公平的市场竞争法，但一直无法通过，原因就是这些商界巨头的反对。所以，未来的香港还需要面对很多问题，都是英殖民时期留下的后遗症。

（主讲　梁文道）

[1] 和记黄埔有限公司（Hutchison Whampoa，简称“和黄”），业务遍布全球的大型跨国企业，经营多元化业务，包括全球多个货柜码头经营、零售连锁、地产发展与基建、电信及电台广播服务等，是世界500强企业之一，现任董事局主席为李嘉诚。

《就是不帮衬地产商》

不靠地产商在香港活一年

庞一鸣，自由工作者，对香港无处不在的地产霸权操纵港人衣、食、住、行看不下去，决定拒绝帮衬大地产商提供的服务，被越来越多香港人所熟识。

不再买太多书，不再买太多碟，不再去大商场的电影院看电影，因为那些商场的业主也都是这十根手指头数得出来的地产集团。

在香港最赚钱的是地产商，他们不只靠倒卖房子赚钱，你房子里的电话服务是他们提供的；你手里遥控器选的电视频道是他们的；你出门搭公交、坐小轮船，交通工具都是他们的；你到超市买东西，香港最大的两家连锁超市也是他们的，连街坊上的二十四小时便利店都是；你要上网，好，宽带服务还是他们的。只要你在香港活一天，就很难不让这些大地产集团赚到钱。

假如你不喜欢这样的状况怎么办？庞一鸣在这本《就是不帮衬地产商》里探索答案。他原来帮不少商业机构做培训，后来旅行见闻多了，开始觉得香港的生活非常变态。比如大地产商的房子管理费中已经包括了上网费和电话服务费，因为网络和电话线路都是地产集团子公司经营的。如果有人说，我买你这房子，但我不想要你们的电话服务，或者我觉得上网太贵了，行吗？不行，管理费你必须交，就算你用别家的电话服务，也还是要交管理费。

再比如，有一批冰鲜牛肉的供应商是一个大地产集团下属的超市独家发售的，超市接管了公共菜市场之后，就要求管理菜市场的机构去告诉所有小店："我卖的东西，你们都不准卖！"这听起来是不是非常霸道呢？

他们这么赚大钱，竟然还去蒙人。香港有座很有名的大型楼盘叫太古城，房子老了要进行维修。本来法律规定应该由地产集团承担维修费，但这么多年来都是一些小业主自掏腰包，没人知道是怎么回事。

庞一鸣受不了了，他要做一个实验，看能不能一整年不让这些人赚他一毛钱。结果发现实行起来很困难，比如他不能搭地铁，因为地铁也是地产商的。在香港，老人家乘地铁每个星期可以有两天优惠，而纽约、伦敦的老人有全年优惠，可见香港在这一点上多么小气，你赚那么多钱干吗呢？庞一鸣很不满，他不搭地铁，搭公交行吗？也不行，香港的大多数公交公司也被地产商收购了。

于是，他就骑脚踏车出行。他渐渐发现，在香港出行而不坐任何交通工具，不让地产集团赚到钱，那是不可能的，有时候实在没办法，必须搭轮船或地铁。不过他尽量完成自己的实验，在家也不上网，到公共图书馆去上，因为家里的网络也是地产商旗下的子公司提供的。但是在家里总要用电吧，而九龙、香港、新界这些地方的电力也是地产商集团经营的，他只好尽量减少用电，过低碳生活。他在家甚至不开空调，不用电风扇，而自己用手摇扇。他还跑到学校、社区和人们交流，分享他的生活方式。很多人对他这个行动产生了共鸣，乐意听他说。

他说，减少各种消费，不只是对抗地产集团，也是努力让自己生活得更俭朴。不再买太多书，不再买太多碟，不再去大商场的电影院看电影，因为那些商场的业主也都是这十根手指头数得出来的地产集团。

虽然他的行动反而证明了不可能在香港生活一整年而不让地产商赚钱，但唤起不少年轻人的注意。有些念建筑的学生开始想方设法地设计一种可以携带、组装的房屋。大家开始想，我们能不能找块空地自己搭房子呢？不管这块地是政府的还是某个集团买下来的，我们就霸占它吧！

当然，这不是鼓励大家犯法，只是要大家重新思考：地，到底是谁的？我们除了租房和买房之外，能不能自己盖房？毕竟，我们的祖上都曾这么做过。

（主讲　梁文道）

《推土机前种花》

老社区抗拆记

周绮薇，深水埗街坊，沟通及讲故事能手。毕业于香港理工大学设计学院，现于小学任教。三年多来一直跟深水埗街坊一起争取权益，参与艺术中心的“传说我城”活动，分享城市生活中的点滴传奇。

突然有只蟑螂跑出来，他竟对着大家说："不要踩它，不要这样对这些小生命，再小都是一条生命，明天开始它就没有家了，没有家是很可怜的。"

学者阿巴斯曾经形容香港是一个"消失的空间"。这座城市很奇怪，你很难在里面看到一些老街区和老建筑物，因为它总是不断在拆，然后平整出一片新的地皮，再盖一些崭新而高大的楼房——为了把这个楼市推向更高点。

香港地产业非常蓬勃的原因是香港的金融业在很大程度上和地产业挂钩，港府的很多收入是通过卖地得到的。将这些老房子拆掉，名义是说房子老了，年久失修，社区败落了，要重建它，活化它。事实上，过去常常有很多争端发生，很多老街坊不愿意搬走。我在这儿住了几十年，现在忽然要拆房子，你赔我的钱起码要让我在同一个社区还能买得起房子。但政府通过中介机构给的那笔钱通常很难买得起新房，这就是所谓的"租值差异"。

最近几年又出现了新情况，很多老区的百姓不再讲赔不赔偿问题，而是根本不想走，因为他对这个地方有了感情，在这个地方生活惯了，不愿意这个社区被拆散，不愿意社区文化消失。而这个问题目前港府还没有一个完善的方法来应对，甚至连沟通都说不上。

《推土机前种花》是本相当感人的书，作者周绮薇一方面在教书，另一方面投入了反拆迁运动，因为这个运动正好和她家有关。她住在深水埗的一个老街区里，突然有一天街坊们接到通知，政府要来拆掉这个地方，大家都要搬家。书里这样描述当时发出通知者的嘴脸：

“这个经理嘴角半吊，似笑非笑，背书一样说了一大堆话。他说的每个字我都懂，但组合成一个句子后，我就不懂了。街坊里都是中年人、老年人，有些说话夹杂着乡音，我暗想怎么办，他们听得明白吗？而最令我们震惊的是，这个经理说，三个月后，无论我们愿不愿意搬走，整个重建区的土地都会被政府依法律没收，坚持留下来的，就是霸占了政府的土地，那就是犯法了。”

政府派来的人员说的是专业术语，发的一些咨询手册老百姓根本看不懂，因为社区里大多是一些上了年纪的人，教育程度并不高。有位雷伯伯，年轻时在大陆读完医科来到香港，但学历不被承认，于是在阁楼里当起所谓的“流氓医生”。虽然是非法的，但由于他开出的价码非常便宜，所以很适合这个低收入户较多的地方。以后这些低收入户离开此地，看个小病小灾许就再找不到这么便宜的医生了。

雷伯伯生活颇为俭朴，政府的人来跟他谈赔偿问题时，发现他家里连电视机都没有。政府人员说:“赔偿只能给你一半，因为你本来就什么都没有。”作者不禁感慨:“万万想不到港府借重建为名，为了赚尽一分一毫而巧立名目，要所有人都依照他的标准生活。”

还有一位梁老婆婆，一辈子单身，年轻时帮一些大户人家打杂，现在已经八十五岁了。她留有老一套的价值观和信仰，看到有人把观音、土地的神祇扔在街上，认为非常不敬，自己跑到马路边盖了一座小庙，专门安放这些被遗弃的神像。她也不愿意搬，政府的人跟她说:“你要是不搬的话，就拉你去坐牢;要是不坐牢，就每天罚一百块钱。”没想到一份英文报纸的记者知道了这件事，欲曝光时，政府人员马上又来说:“哎呀，对不起老婆婆，是我们说错话，你还没搬就留下来吧，千万别对外国记者乱说话了。”

黎叔是开电器行的，很多老街坊电器坏了，不想买新的或者根本没钱买，他就免费上门去帮人修。不仅上了年岁的人，年轻人对这个老街区也很有归属感，因为他们跟通宵打游戏机的小店老板混得很熟，不想因为搬走而离开他。

这些形形色色的人物和故事让读者了解到，人对一片老街区会有多么浓厚的感情。当政府人员告知他们街区要被拆掉时，周绮薇站出来发声，一开始众人非常怀疑她:“你是什么人，干吗出来跟我们说这事?”直到她表明身份:“各位街坊，我就是后面那间车房老板的女儿，平时坐在门口跟大家聊天的是我爷爷，我在这里长大。”这时大家纷纷说道:“哎哟!原来是你呀，没想到你长这么大了。”突然间变得对她无比信任。从此，她成了这个反拆迁运动中，老街坊们最信任的“我们街的小女儿”。她和街坊们展开了一场“推土机前种花”的运动，抗议政府的行为。

周绮薇温柔、多情、坚定而善于倾听。她说：“还没有和街坊走在一起前，我是个没有耐性的人，区内的居民多是中年人和老人家，说话有他们的方式，共同点是开场白很长，还会把整个说话内容重复三四遍。后来我心急起来，觉得疲累，常常抱怨为什么你们不能说快一点，简洁一点。但是转念一想，政府不就是因为不愿付出时间，或先假设了街坊们什么也不懂，而拒绝找方法跟他们沟通吗？如果我也嫌弃他们，又怎样证明给政府看，推行由下而上、由居民主导的重建方案是可行的呢？”

她开始细心倾听每一个街坊的故事，并跟一些义工用图画的方法和最简单的语言，把政府那些充满术语的重建方案再次呈现出来。她收集街坊四邻的意见，向政府提出其实老百姓也想重建社区，只不过他们不想把这个地方卖给开发商，而想在盖新房的同时，继续老社区包容多元的文化。

可是，这些想法如何让政府明白呢？周绮薇想了各种办法诉诸公众，她要让全香港市民知道这个地方有些什么样的人、什么样的故事。他们不要当受害者，不要当苦主，他们要快乐而骄傲地告诉大家，他们有自己的一套生活。比如，他们把这条街上的一家家商店用最童稚、最简洁的线条画出来，店面的样子、店里的人、平时的工作流程都画得很详细。后来他们干脆在街上摆了一个展览，用一幅幅图画向路人解释："你看，我们不是大超市，这些都是我们一家一户自己做的小玩意儿。我们这些生计是讲技术含量，讲传承的。"其中一个人老老实实做了几十年酱油生意，不知道自己的酱油其实颇有名气。直到有一天日本的电视台专门跑来拍摄，他才晓得原来家里几十年传承下来的酱油在国际上这么有名。

到了晚上，一群老街坊在街上玩皮影戏，用民间艺术的形式告诉大家这个社区一直以来的文化故事。他们希望重建的负责人——规划局林局长——能够了解他们心目中的理想社区究竟是什么模样的，和政府规划中的社区又有何不同。周绮薇还在她爸爸的车房里摆宴席，为林局长专设了一个座位，每天八点准时等他，希望他来跟大伙吃饭，听老百姓诉说意见。几十天后，局长终于来了，可他开口的话是："这个项目已经开始，是不能够回头的，你们必须要走。我最多只能保证，不会让以后其他重建的居民再经历你们经历过的痛苦，我会回去想办法安置你们将来的生活。"无论如何，这条让街坊们无限留恋的老街区终究要被拆掉。

这个街区还有位很有特色的老人家叫黄乃忠，他是香港硕果仅存的花牌师傅。花牌是一种典型的岭南文化，有酒楼开张这种喜庆日子，大家会摆一个很大的花牌作为庆贺。黄老爷子就在街区里做这种生意，如果要拆迁，他的独门手艺就很可能失传。他代表街区和政府打官司，最终也没有结果。终于，政府来拆迁了，当他家里那些有价值、有感情的老物件被人抬走时，突然有只蟑螂跑出来。他竟对着大家说："不要踩它，不要这样对这些小生命，再小都是一条生命，明天开始它就没有家了，没有家是很可怜的。"这位平时一边做买卖一边照顾街上流浪猫的老人，终于也要面临没有家的结局。

书的结尾，这片有生命力的老街区变成一片被推掉的平整土地，那些热闹繁华的景象永远留存在图画里。梁老婆婆常常回到这片空地上，想看看熟悉的老街坊，却没有一个人在。有些老伯伯、老太太在失去了心灵归属的社区后，一两年里就相继过世了。

（主讲　梁文道）

《为当下怀旧》

文化保育的前世今生

叶荫聪，1970 年生于澳门，于香港中文大学修习新闻学和社会学，获台湾大学建筑与城乡研究博士学位。现任职香港岭南大学文化研究系，独立媒体（香港）（In Media HK）创办人之一。

对殖民地最重要的不是祖国或家乡，而是那个被剥夺的创伤。所有被殖民者身份认同的第一个基础是被创伤过。

这几年香港非常流行一个词——“文化保育”，保的并不只是一般的古建筑，有历史价值的街道、地标，甚至整个社区都在保存之列。这场运动发生的背景如何？为香港带来了怎样的变化和思考？《为当下怀旧——文化保育的前世今生》这本书给出了详细的介绍。

作者叶荫聪是香港岭南大学文化研究学系讲师。身为一个文化研究者，他会去质疑一切现成的文化价值，比如身份认同，不光种族与国族的身份要被质疑，本土身份也要被拆解。

什么意思呢？举个简单例子，我们老说自己是“炎黄子孙”，这几年还每年去祭黄帝。但是大多数人不知道，所谓“炎黄子孙”这个说法只有一百多年历史而已。这是一个被发明的传统，是现代中国人返回来追认自己的源头。从这个角度看，任何我们以为坚固的、牢不可破的、天然而成的，包括我们是炎黄子孙这一说法都是后天发明的。

但这能不能叫虚构呢？很难说。不过，作为近年来参与香港各种各样“文化保育”运动的局内人，叶荫聪又不得不倾向于承认某种历史和文化价值。比如之前闹得很厉害的天星、皇后码头保育运动[1]，你说它有价值，那个价值是什么？你要保留下来的又是什么？你不承认这个价值，怎么能够付出？又怎么能够去发起一场运动呢？

这个矛盾如何解决？叶荫聪引用了文化研究学者斯图亚特·霍尔[2]的说法。他说，一个固定的、历史传承下来的传统并不一定构成我们的身份基础，我可以现在宣誓一个未来的身份，然后通过某种运动、某种努力、某种建构，把我变成我愿意成为的那种人。

香港的身份认同是殖民地，对殖民地最重要的不是祖国或家乡，而是那个被剥夺的创伤。换句话说，殖民体制是一个创伤的体制，所有被殖民者身份认同的第一个基础是一群被创伤过的人。

近年来香港一连串“文化保育”运动声势浩大，很多外行人或者一些被我称为“伪评论家”常常说，你们只不过是在回忆英国殖民年

---

[1] 天星码头和皇后码头坐落在中环北岸，是港英政府于战后50年代填海工程的结果。码头上有英国皇室和港督登岸的地标，与香港平民百姓生活绵密交织也是不争的事实。1967年的反天星小轮加价、70年代风风火火的中文运动、保钓、反战等游行示威，不少就发生在这两个码头周围的公共空间。2006年，港府计划在此修建地下排水渠和公路，两个码头面临被拆除的命运。虽经民间保育人士多次抗议，最终还是化为历史的烟尘。

[2] 斯图亚特·霍尔（Stuart Hall，1932— ），当代文化研究之父、英国社会学教授、文化研究学者，主张“文化平等、种族公正”。著有《文化研究：两种范式》《意识形态与传播理论》等。

代，什么天星码头、皇后码头都是殖民象征，保留它，表示你们这帮年轻人不认同祖国，而要认同一个英国殖民年代的象征建筑物。

叶荫聪在这本书里提出，当年那个码头是香港民间反抗运动发生的场所，参加保育运动的年轻人并不是要追溯一个什么样的历史，而是要追认被社会主流压抑了的、挤到边角去的反抗者身份；码头的空间记忆由殖民种族的历史转移到一个公共空间，成为香港平民百姓的本土印记；他们关心的不是所谓的皇室故事，而是老百姓的故事；他们重新为这个地方发明了一种意义，并认同这种意义，然后自己建构出一套身份，也就是被压迫过、伤害过的被殖民者的记忆。

当年这场运动闹得很大，连“发哥”都去支持了，最后还是失败了，被政府铲掉了。香港很多老街区这几年都出现过这种运动，最后也都失败了。失败的理由之一是香港这些老区的重建其实跟内地的拆迁差不多，也许文明一点，但也不算文明太多。这里面的利益当然是“卖地”，政府收回老区就有了土地，有了土地就能拿去卖。卖了之后干吗呢？增加收入。谁能赚着钱呢？当然是周边的裙带关系，比如说地产商，是不是？

（主讲　梁文道）

《屋不是家·混声合唱》

徒留寂寞

适然，原名骆适然，香港作家。中学毕业后就与文友集资创办《大拇指》周报，同时担任《香港影画》及《南国电影》记者。1976年夏随家人移民美国，一直做到跨国银行副总裁。1990年返港，任记者、编辑、翻译、妇女团体总干事、公益组织义工等。出版有散文小说合集《声音》。

所谓的家并不是那间屋，每一个人都在这样的城市里，享受着必然的寂寥、空洞，尽管光线明亮。

香港有不少优秀作家，往往一停笔就是很多年，又或者产量奇低，一写就是近十年，以至于有时候市面上出现某些新作品，读者还以为是冒出新人来，没想到已经是写作数十载的老前辈了。比如这本《屋不是家·混声合唱》的作者适然。

适然这部短篇小说集写法很特别，会把很多离奇的情节写淡，又把一些很淡的事情大大书写一番。比如开头这篇《花好月圆》，主人公和女朋友闹分手，辞职来到一个新发展的市镇打算重新开始生活。在日复一日、百无聊赖的生活中，他发现了一个新亮点——住在对面大楼的女子。他几乎像个窥视狂一样天天跟踪这个女的，看着她，想着她，甚至跟着她去买她喜欢的花，然后把花带回自己家。

但他最终还是难逃从前的情感纠葛，和原来分了手的女朋友复合，结婚生子。他回想起那段逃离经历，那段若有似无的感情，想起某天捡到女孩的钱包，把钱包放回她家门口的邮箱上——两人最亲密的接触也不过如此。他心里始终藏着这个凄凉的秘密，而人间草木，一切已不再一样。他说："我无情地学习忘记，我们在这个城市众生喧哗中卸下了一面国旗。"那年，正好是一九九七。

他时常想到那个女子，觉得她皎洁如月，然后也学着她，开始在家里插花。当他和妻儿一起走在中秋节回家的路上，他想："再没有其他事情发生，再没有。半生已经过去，灯好月圆，花常开。我紧紧搂着的小小身体，这是我的骨肉，我们的。而你有一个花季，在某年，朝向小耳朵呵着气问，你好吗？心神晃晃悠悠漂游到老远，不知道诘问的是谁。女儿咕咕笑，别过小面孔，向母亲叨叨诉说幼儿班上一天里的许多事。花有时，月有时，万物有时，你好吗？"

这个故事中，没有什么特别的事情发生，只有一个平凡的叙事者，生活在喧闹的城市之间，有那么一瞬间，那么短短几个月，他抽离出去，好像进入了另一个与世隔绝的状态。当他再次回到烦嚣尘世，过正常的家庭生活，回想起那几个月，究竟算作什么呢？那是一个并不激烈的无法言喻的淡淡牵挂，始终难以忘怀。

适然可以将虚远的情节描绘成一幅细致浓郁的工笔画，也可以将浓烈的故事雕琢成一幅高远清淡的山水画。比如《一个女子和另一个女子》，讲一对女性恋人生活在一个屋檐下。有一天，故事的叙事者也就是"我"，发现女朋友要离开了，因为她爱上了一个男人，还怀了那个男人的骨肉，她叫"我"陪她去堕胎。

这个故事本来可以讲得很刺激，他却写得很缥缈。女友堕胎之后，再次一走了之，主人公无限怅然："已经不想记得她的种种，她的脸被压成扁平，卷藏某处。一生很长，我们再爱一千次。最爱的是自己，因为爱总有思恋和分离。"

这篇故事有一个很重要的背景——屋子，她和另一个人住在一起，那个人突然走了，又突然回来找她，睡了几天，又离开了。这个过程中，还出现房东带了另外一个租客来看房子。这来来去去让人觉得，屋中发生的一切好像一口锅里的油，洗一洗就洗掉了。事实上，这也是整本书的主题——你住的房子，并不是你的家。

关于这一点，我想很多香港人都会感同身受。在香港，很多人都租房子住，即使买一间房，也好像会经常搬家，或不知什么原因也许又卖了它。多数人长大之后，都不会继续住在小时候住的地方。那些房子和我们之间存在一种牵扯，但这个牵扯又必然会被斩断，被收藏。

这就是书名中所谓"混声合唱"的意思，几个看似没有关联的短篇，到最后合唱出同一段主旋律。《留声碎片》写一个女人，朋友们都觉得她很有耐心，很乐意听人倾诉，也很能帮忙，甚至连她请的印尼用人都觉得她人非常好，大家都很喜欢她。但是有一天，她忽然死了："睡前没有任何征象，朦朦胧胧、浑身发冷，半醒半睡，喉咙发痒，咳嗽、气喘而呜呜响，张眼只一片黑，心脏满压住胸口，要起来身体不听使唤，意识却是清楚的。啊，原来是这样，过程很短，也不怎么害怕，来不及太多反应以及追认，像电话谈话，啪地断线。模糊地想，要多久才会被发现呢。”

之后，一个朋友来帮她安排后事，在她家里发现一沓纸，好像是日记，又像是不知写给谁而最终没有寄出的信。这时电话正好进来，她听到已经死去的房屋女主人在答录机里录下的一段话：“我暂时不能接听电话，请你留下口信……”朋友说：“是的，我终于听见声音背后的寂寥。”这个大家看起来都很不错的女人，将寂寞留在了房间里。

那沓纸里有一则这么写道：“下午电话速播，按错家的号码，听见自己的回应，遥远空洞，机械声非常疏冷，像光了脚踩着冰，周围糟糟抢说话的声浪似给灭了音。”于是，她对着答录机里自己的声音说道：“你好吗？当年哪知有日可以留言，只有等铃声干响，不罢休地响，最长响了二十一声，后来知道好多回你就坐在电话旁边。”

所谓的家并不是那间屋，每一个人都在这样的城市里，享受着必然的寂寥、空洞，尽管光线明亮。

（主讲　梁文道）

《天水围十二师奶》

香港半边天

陈惜姿，香港中文大学新闻与传播学院讲师，曾任《明报》《壹周刊》记者，并为《明报》副刊“女人心”专栏写稿，另著有《壹流人物》《区区大事》等。

在真正的考验到来之前，一个女人永远不知道自己有多坚强。

在香港找工作，被问起住址来，如果你回答住在天水围，很多雇主就会换一副眼镜看你。因为那个地方出过太多负面新闻，黑社会肆行，很多中学生十二三岁就开始吸毒，也发生过多起家庭血案。

天水围是香港最北部一个新开发的市镇，它远离市区，更靠近深圳。在这里居住的大都是穷人，因为香港的城市规划是将市中心的老房子拆除，再把地皮卖给地产商盖新楼，这些楼当然都很贵，价格远不是老百姓所能承受的，他们就只能搬到远一些的地方，比如天水围。

天水围是个纯住宅区，人们的工作地点一般都很远，如果父母都外出工作，孩子就要独自留在家里，放学回去也没人管，于是就出现了很多青少年问题。慢慢这里的生活环境越来越差，越差问题越多，形成了一个恶性循环。

广东话的讲法，“师奶”的意思是家庭主妇，作者采访了很多住在天水围的家庭主妇，感慨说，在真正的考验到来之前，一个女人永远不知道自己有多坚强。

三十多岁的李淑敏曾经是一个幸福的主妇，家里有楼有车，丈夫平常规规矩矩上班，星期天还去开计程车帮补家用。她平时在家煮饭带孩子，有空去游泳、健身、打羽毛球。可是金融风暴之后，丈夫不仅失业，还欠下了一笔巨款，楼也卖了，李淑敏不得不出去工作。老公受到打击之后意志消沉，又不肯放下自尊去干一些自己看不上的工作，就整天闷在家里，有时还要找老婆孩子的麻烦来发泄情绪，这也是天水围很多家庭所面临的情况。

李淑敏的工作是陪人坐月子，她每天工作十几个小时，有时候年初一也不休息，结果她的儿子没有人管教，很快也辍学打工去了。有一天，她深夜十二点多才回到家，觉得非常饿，冰箱里也没有吃的，于是儿子下楼去给她买蛋糕。没想到在街上遇到喝醉酒闹事的流氓，竟然把她儿子打死了。亲友们都悲痛欲绝，只有她强忍眼泪，非常冷静地处理了儿子的后事，甚至替儿子把所有的器官都捐出去，希望他死后也能留下一些东西。

天水围有太多这样的家庭主妇，一个人担待着整个家庭的生活。她们不仅要撑起整个家的生计，担心着孩子的未来，还要忍受家庭暴力和性别歧视。她们承担了整个社会的不合理结构，撑起了香港的半边天。

（主讲　梁文道）

《香港已成往事》

香港不性感

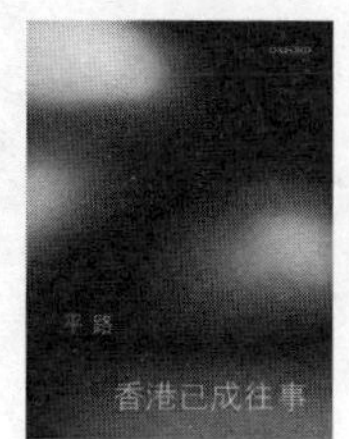

路平，笔名平路，作家，生于台湾高雄，以文化和社会评论文章闻名，著有《何日君再来》《行道天涯》《浪漫不浪漫》等。

香港对单身女子而言是个寂寞的城市。

香港住了不少台湾来的女人，我认识的几位有着共同的特点：有学问，能言善道，都是作家，其中最有名的便是龙应台；还有常常在凤凰卫视亮相的江素惠，她过去做过光华新闻文化中心的主任；接任她职位的是台湾作家平路，平路卸任离港前写了一本书，题目很吸引人：《香港已成往事》。

这是本散文集，平路谈到她在香港生活的一些经验。她说，现在女子单身意味着性感，就像*Sex and City*里面的Samantha，很性感，生活有多种可能性，能够决定自己过日子的方法，自己选择另一半。可是这样的单身女子是在纽约的曼哈顿，铁定不会在香港。香港对单身女子而言是个寂寞的城市。

平路在香港住了很长一段时间，会说粤语，在相当程度上打入了香港本土社会。但她仍然常常感到某种格格不入，甚至包括穿衣的风格。她说遥想起台北女朋友们穿衣服的风情，“棉布衣衫，宽袍大袖，总穿出某种懒悠悠的情致。一般香港女人比起台北女人更在乎 dress cool，搭配也更为熟稔，有时却因为追寻名牌的惯性搭配，在身上照章全收，反而少了自己独特的衣裳语言”。出于这样的原因，她曾说过，香港这个城市不够性感。

平路说的这些，作为香港人又在台湾生活过的我，一闭眼就能想象出来。不止女子，我在台湾碰到很多文化人，他们穿麻布的衣服，宽袍大袖，非常舒适，很有乡土感，很有中国传统的风味，那样的衣服穿在他们身上也恰到好处。可是香港人不这么穿的，不光是因为它土，而是对香港人来讲，这样穿你就 over 了。

香港与台湾的分歧，甚至发生在处理台风的方法上。平路说，在台湾，台风假（因为台风而放的假）比较大方。既然预知来袭，就有可能预先放假，前一晚已经宣布，免得到时候上班上学行程弄得一团糟，大家都很舒服。到时候台风一来，大家躲在家里，难得多放一天假，看着外面大风大雨，心里面有种快感。而香港是个讲效率的地方，台风来了，香港人会“挂风球”——一种台风信号，如果达到 8 号风球，那是非常危险的，必然要放假。一旦 8 号风球下来，改挂 3 号，说明危险度变低了，那你必须一刻也不能停留，两小时之内火速回到办公室。这是香港处理台风的方法。

平路又提到在香港搭电梯，大家都很急，进了电梯，如果门关了，外面有人想进却进不来，“那个人带着怨毒的眼神正好看到你，仿佛你就是那个死命要关门让他进不来的罪魁祸首”，这时候你又该怎么办?

《香港已成往事》所谈的也不尽然是香港，平路写到一些女性，比如蒋方良，“她温顺吗？勇敢吗？坚毅吗？那个叫菲娜·伊巴提娃·瓦赫瑞娃的少女，像你我一样，也有过因为爱情而改变一生的十八岁。她当年为了爱情嫁给蒋经国来到中国，最后去了台湾，再也没有回去过。但这份浪漫到底带来了什么样的波折命运？”

去过蒋方良家的人总留下印象，那里不是锦衣玉食的府邸，而是残肴剩菜、破沙发的俭省家居，素朴到了禁欲。这是蒋经国对家人的苛求。“男人可以在外面权力的国度里驰骋，而持家的妇人才是新生活运动训育的对象。蒋方良一生沉默，把失语当作坚贞，将噤声当作她所选择的自我奉献，恐怕是我们社会对女性长久以来的误解。奇诡的是，越是失语而无从辩解，从生前到死后，这奉献越是显得坚贞不二。”

（主讲　梁文道）

金色笔记

《百年孤独》

循环往复的咒语

加布里尔·加西亚·马尔克斯（García Márquez 1927— ），拉美作家，魔幻现实主义文学代表人物。1967年出版《百年孤独》，在全球引起轰动，被誉为“再现拉丁美洲社会历史图景的鸿篇巨制”、“值得全人类阅读的文学巨著”。1982年获诺贝尔文学奖。主要作品还有《苦妓追忆录》《枯枝败叶》等。

家族的历史、国家的历史、大地的历史只是一个不断重复的咒语。

1982年10月，诺贝尔文学奖要颁发给加西亚·马尔克斯的消息一出来，整个拉丁美洲和欧洲的一些左翼政府都为之沸腾了。刚上台的法国总统密特朗甚至比诺贝尔文学奖委员会早一天通知马尔克斯这个消息。获奖那天，马尔克斯家的电话忙到打不进去，古巴的卡斯特罗只好在第二天发来电报，祝贺这位拉丁美洲的英雄。

马尔克斯最有名的作品就是这本《百年孤独》，新版的翻译者是北京大学西语系教师范晔。这也是《百年孤独》首个正式授权的中文版本，在此之前的好几种译本已经被读者熟识，新版能否获得认可，要等待时间检验了。

在拉美，马尔克斯是老百姓很喜欢的一位作家。据说他得奖当天，哥伦比亚街头的汽车全都停下来按喇叭。记者访问一名妓女，知不知道我国出了个诺贝尔文学奖得主马尔克斯？她说："当然知道，我读过他的书。”“什么时候知道他获奖的消息？”“刚刚我床上一个客人告诉我的。”这句话被认为是对作家最伟大的恭维之一。

热心的记者为马尔克斯家特别架了一条电话线，以修复他和妈妈由于线路故障造成的长达三周的通话空白。原来他妈一直在祈祷儿子千万别拿诺贝尔奖，担心凡是拿到奖的人都活不长。马尔克斯在电话里告诉妈妈："你放心，我会戴好黄色的玫瑰花去斯德哥尔摩，这样我就能保住性命了。"

这段对话听起来十分魔幻，难怪马尔克斯说为什么他的《百年孤独》在描写那么多如梦似幻的情节时会那么自如，因为“这些你们所谓的魔幻，在我们拉美本来就是现实的一部分，而且是我从小熟悉的”。

二十世纪六十年代——《百年孤独》写于那个时期，拉美进入“文学爆炸期”，出现了很多了不起的大作家，比如最近才拿到诺贝尔文学奖的略萨。他们整体的文学风格和过去大家熟悉的欧美文学截然不同，气质独特，自成一套。而且这些作家也互相赏识，略萨就曾毫不吝啬地称赞《百年孤独》是拉美最优秀的小说。

这批作家彼此结盟，共同声援，也都有到欧洲留学、生活、工作的经验，于是造成了全世界对拉美文学的注视。二十世纪八十年代初，这股潮流在中国登陆。只不过我们当时对拉美文学的关注集中在《百年孤独》上，而对《百年孤独》的重视又集中于所谓的“魔幻现实主义”。

“魔幻现实主义”这个词诞生于二十世纪三十年代，一开始讲的是一种绘画风格，以区别于当时甚嚣一时的超现实主义，其后转向文学。换句话说，这个词原本来自欧洲，并且在拉美也有人比马尔克斯更早就开始魔幻现实了。但为什么在《百年孤独》之后，魔幻现实主义才特别被人关注，又在中国掀起一阵狂潮呢?

很多人对魔幻现实主义文学这个概念有误解，以为就是在写实的状况中插进一点不真实的、神奇的、想象的元素。其实，真正的魔幻现实主义是把魔幻的元素当成真的现实来写，不夹杂任何质疑。

比如,《百年孤独》写到一种会传染的失眠症袭击马孔多村庄，疾病最初来自印第安人部落，幸存者逃到马孔多，被当地人收容，在家照顾孩子。马尔克斯几乎没有花太多笔墨去解释这个失眠症到底是怎么回事，只是详细地编了一个故事去说明它，比如死人重新还阳，在屋里走来走去，或躲在树下哭泣，或半夜到房间跟你聊天……作者写的时候完全没把这当成怪事，活人看到死人也没有大吃一惊，好像这就是现实一样。

有人说,《魔戒》和《哈利·波特》不也是魔幻现实吗? 以《哈利·波特》为例，它里面所谓的魔幻部分与现实是有明显区别的，作者也有意识地把这两层分开处理。而在真的魔幻现实主义里，魔幻和现实往往被等同起来。

有人说,《堂吉诃德》也很魔幻现实吧? 没错，你甚至可以说《西游记》也很魔幻现实。可这些说法意义不大，因为魔幻现实主义不只是一种写作方式，也是一种历史现象。就好比二十世纪八十年代“后现代主义”这个词刚刚流行，很多中国学者说，后现代没什么了不起嘛，我们宋朝山水画就很后现代，山水画散点透视不正好辅印了后现代主义精神?

研究一个连“现代”都没有的年代是否“后现代”，已经失去了学术的严肃性。所以在“魔幻现实主义文学”这一概念诞生之前，追溯过去的作品是否是魔幻现实，不乏荒谬。

《百年孤独》自出版以来非常受欢迎，我不止一次听到很多大作家说，当年他们是看了《百年孤独》才发现小说原来可以这么写！连马尔克斯自己都说，写作的十八个月里，有种我在发明文学的感觉。

现代小说的主流写作模式——现实主义，其实是欧洲资本主义萌芽后的产物。首先它相信有一个稳定的现实，小说的写作是对这个现实的客观观察，虽然有时候叙事者是第一人称，但他基本上具备了一种全知的、无所不在的状态，看到的世界客观而稳定。这种模式从欧洲开始，遍布全球。很多文化里原有的神奇传说、多重现实、科学与迷信不能分清，甚至小说语言本身的混杂多变，几乎都被现实主义霸权排挤掉了。

而当《百年孤独》出现且完成得如此出色时，大家猛然发现，为什么一定要用现实主义的方式和语调来写作呢？为什么不能把我们原有的民族传说和神话般的现实写进去呢？为什么不能用民间乡野父老说故事的方式来书写一部小说呢？

马尔克斯本人并不认同《百年孤独》是魔幻现实作品的说法，他认为他写的就是现实。坦白讲，我并不太相信这个说法。作为一个在欧洲生活过的人，他应该很清楚欧洲主流文坛的理念，想必也意识到自己的写作要突出某种异国色彩。难怪有人说，这本书不只是第三世界的寓言，也是一部自我东方化和异国化的文学作品。他其实是刻意魔幻了一把，然后又加以否认。

无论如何，《百年孤独》里有太多精彩发亮的句子和篇章。比如写失眠症侵扰，大家会忘记一个东西的名字，布恩迪亚家族想到一个办法，在纸上写出东西的名字，贴在相应的物体上：桌子、椅子、钟、门、墙、床、平锅、奶牛、山羊、猪、母鸡、木梳、香蕉。但问题是，就算记住名字，仍然会记不起它的功用，于是他们又详加解释，其中奶牛脖子上挂的名牌是一个极好的例子：“这是奶牛，每天早晨都应该挤奶，可得牛奶。牛奶应煮沸后和咖啡混合，可得牛奶咖啡。”

这种想象力很特别，读来又觉得不无道理，类似的例子贯穿全书。据说，马尔克斯写作时进入了一种非常特殊的状态，以至于写出来的所有句子都闪着光芒。书中讲述一场雨，这雨下了四年又十一个月，连绵不绝，使所有东西都腐坏变质，逼得称霸当地的美国香蕉公司关厂撤离。到了最后，雨水终于停下来了，“那些早在香蕉公司的风暴席卷之前就生活在马孔多的老住户，都坐在街头享受雨后初晴的阳光，他们皮肤上仍然残存着绿色的水藻，身上雨水留下的墙角霉味犹未散去”。

我看《百年孤独》最强烈的感觉是，马尔克斯简直在耗散自己的才华，因为到处都是密集而充满华彩的段落，每一页都充满了爆炸性的句子，从头到尾都贯穿着一种高度紧张、凝练的能量。每一个读过它的人，都会或多或少记住一些永远无法忘怀的片段。

比如写各色人物的死亡：全镇有史以来最美丽的女人死的时候，逐渐飘上天空，像天使一样慢慢消失不见；一个儿子死了之后，血从伤口里流出来，在地上形成一条行走的线，绕着房子的墙角，以免玷污了客厅当中的地毯，最后流到他妈妈的房间，通知这个死讯；整个家族的老祖母乌尔苏拉临死之前，身体越缩越小，缩回到婴儿一样；而家族最后一代传人，因为父母乱伦应验了传说中的诅咒，这个孩子长着猪尾巴诞生，又在出生后不久被蚂蚁掏空了身体，一路拖回蚁穴。

尽管有这么多令人难忘的段落，我想大部分人最难以忘怀的恐怕是小说的开头：“多年以后，面对行刑队，奥雷里亚诺·布恩迪亚上校将会回想起父亲带他去见识冰块的那个遥远的下午。那时的马孔多是一个二十户人家的村落，泥巴和芦苇盖成的屋子沿河岸排开。湍急的河水清澈见底，河床里的卵石洁白光滑宛如史前巨蛋。世界新生伊始，许多事物还没有名字，提到的时候尚需用手指指点点。”

这是个《圣经》般的开头，《百年孤独》也被认为是拉丁美洲的《圣经》，从世界的创始开始，到世界的终结为止。书的结尾讲到兴盛百年的马孔多村庄最终衰落，布恩迪亚家族的最后一代人在房间里读着早在百多年前就写好的预言书——预言整个城镇和家族的毁灭：

“他没等最后一行便已明白，自己不会再走出这个房间，因为可以预料这座镜子之城将会在奥雷里亚诺·巴比伦全部译出羊皮卷之时，被飓风抹去，从世人记忆中根除。羊皮卷上所载的一切，自永远到永远，不会再重复。因为注定经受百年孤独的家族不会有第二次机会在大地上出现。”

《百年孤独》中的很多故事会让第三世界国家的读者看后觉得似曾相识：总会有那么一些人，一辈子就是个军人，做到最高头衔就是上校——像利比亚的卡扎菲一样；总会有一些奇怪的战争发生在自由派和保守派之间，可是打到最后没有人知道为什么打仗；也总有人在革命，只是革到最后自己也不知道革命是怎么回事。而书中资本主义势力的代表——香蕉公司来到马孔多鱼肉当地百姓，最后酿成屠杀，而后毁尸灭迹，再进一步将活人的记忆一并抹去，以至于用不了多久，就没人知道并相信曾经发生过如此惨烈的大屠杀了。

马尔克斯用一个家族的兴衰讲述一个时代的兴衰，他用了一个很特别的方法：人名的大量重复。大部分读者看着看着会把人名搞乱。事实上，人名的混杂重复与某些情节的对应，都是作者精心安排的。它是重复的变奏曲。它告诉我们，家族的历史、国家的历史、大地的历史只是一个不断重复的咒语。

（主讲　梁文道）

《裂缝》

没有情节的小说

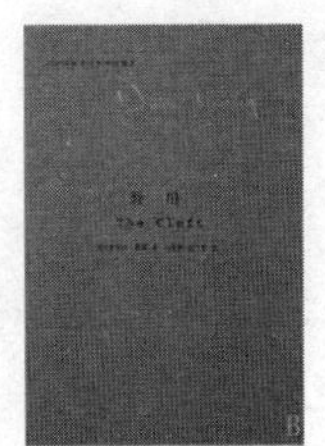

多丽丝·莱辛（Doris Lessing，1919—　），英国文学老祖母，与伍尔夫并称“双星”。2007年获诺贝尔文学奖。代表作有《野草在唱歌》《金色笔记》等。

在这个虚构出来的原始社会，最早只有女人存在，而且这些女人都是非常被动、没有大脑的海洋生物。

2007年诺贝尔文学奖颁布的时候，会场里一大堆记者共同喊出两个字——“终于”，这个奖终于颁给英国女作家多丽丝·莱辛。莱辛获奖是实至名归，她也是有史以来最年长的诺奖得主。

莱辛自幼家贫，1950年发表处女作《野草在歌唱》一举成名。当时莱辛刚从非洲大陆移居英国，全部家当就是这部小说的草稿。小说通过审视白人农场主的妻子和黑人仆人的关系，描述了爱恨交缠的悲剧和难以跨越的种族矛盾。此后，莱辛的不少作品都以南部非洲为题材，因为反对种族隔离政策，她有四十年被禁止踏入南非。

诺贝尔文学奖宣布那天，很多大作家都在家里等电话，莱辛却若无其事地出去买东西了。回来一下车就被记者堵在门口。莱辛得知这个消息后，就坐在家门口的楼梯上开始接受访问。她说感觉像打扑克牌拿了个同花顺。的确，她已经把欧洲所有重要的文学奖都拿遍了，就差这一个。

莱辛是个很难定位的作家，她的风格太多样化，写过很多不同类型的作品。有人说，她是一位女性主义作家，可她自己强烈否认这个称呼。还有人认为，她是个关怀社会现实的左翼作家，她最终也背弃了这个标签。后来她还被认为是个科幻小说作家，虽然她的那些科幻作品写得其实并不怎么好。这也正是莱辛的特别之处，她总是不断探索新的写作方式。

最新这部《裂缝》(*The Cleft*)面世之后，毁誉参半，被认为不像大师的手笔。在我看来，这本书是一个伟大的失败，作者本身的意图很伟大，但结果失败了。这种失败仍然值得尊敬，因为作者有大胆实验的勇气。

在《裂缝》中，莱辛创造了一个神话世界，想象在远古时代最早的人类只有女性，生育都是通过单性自体繁殖完成。严格来说，这些女性更像是一种海洋生物，她们在海水中出入，像海狮或海豹一样躺在岸边的岩石上。她们平时就住在岛屿悬崖边的洞穴里，洞里的裂缝深不见底——这当然是女性生殖器官的象征。

这些裂缝有时会生出一些小孩，他们的身体前面有一种水管一样的东西——男性生殖器的象征。她们觉得非常可怕，就把这些小怪物送到死亡崖推入大海。后来她们发现这些小孩并没有死，还在岛屿内陆的山谷和树林里聚居在一起。原来有人违抗了女性家族族长的命令，偷偷养了一些小男孩，把他们当成玩具一样虐待，有的还被阉掉了。

有的小男孩逃到内陆去，他们贿赂老鹰，请它把被推下海的小孩叼过来。男孩们慢慢聚集起来，最终形成了一男一女两个对立的社群。

这个故事还被套到另一个故事里面，讲述它的是一位罗马帝国的参议员。他本身也是史学家，在一个档案中发现了这段历史，就尝试建立一个逻辑，说明过去的人类社会到底是什么样的。

故事听上去好像很巧妙，但此书一出版就引来了不少争议。英美书评界的批评主要集中在以下两点：第一是来自女性主义的攻击，大家都知道莱辛是位了不起的女作家，但是很多人看到这个故事，还是吓了一跳。在这个虚构出来的原始社会中，最早只有女人存在，而且这些女人都是非常被动、没有大脑的海洋生物。相比之下，男人们充满了冒险精神，他们发明了火，建起了房子，还造船绕着小岛探险。很多女性主义者谴责这种说法，批评她犯了用性器官去分别男女本质的错误，认为不能将男女之间的生理差异乃至地位尊卑的不同，归因于天然形成的条件。

第二种批评则认为这本小说不像小说，因为它既没有情节也没有角色，故事非常简单，没有什么起承转合。所谓没有角色，是指小说中出现的人物，比如那个罗马参议员，还有原始社会的人，这些人物形象并不立体，也没有深入的心理发掘，连外表给人的印象都是朦胧模糊的。

角色是现代小说的必要条件，它首先假定了个体的存在，这个个体有性格、有欲望、有自我，跟其他任何人都不一样。但是莱辛笔下的人类祖先根本没有自我意识，连“我”和“我们”都分不开。他们所谓的姓名意义不大，因为姓名是用来区分人与人之间差别的，而在那个时代，这个差别并不明显。

情节则与时间相关，时间构成了情节的主轴，但在原始人的世界，并没有时间这个观念。他们只知道海水的涨退、日月的升降，什么是短暂，什么是永远？他们都不知道。他们对空间同样没有概念，那些出海探险的男人，再回到家乡也不大认得出来。今天我们所说的乡愁离恨，对他们来说不存在。

因此，我们无法用现代人已有的概念和语言去描述那个什么都没有的时代。那时候的人类没有社会，没有家庭，没有情感，没有文字。没有历史，当然也没有故事。所以要把这样一个故事讲清楚实在有些困难，你怎么能够用现代的概念和语言去描述那个什么都没有的时代呢？

而故事叙事者、那个罗马参议员让人觉得太啰唆，他讲故事时不断反省，比如有一段讲一帮男人强奸了一个女人，并且强奸致死，这些男人陷入惊慌和沉默，感到羞耻。这个罗马参议员马上加了一句评语，说我不知道能不能用羞耻这个词去形容，那时候有这个概念吗？

因而这不只是一个关于人类起源的寓言，也是对人类文明如何从无到有的描述，同时也探讨了任何故事存在的条件。用故事已经存在的时代的工具、方法和概念去讲述一个一切都不存在的时代，当然是一个很困难也很伟大的实验。这本书的英文版只有二百多页，显然不是那种鸿篇巨制。小说的语言非常质朴，与那个时代相符。读完之后，让人觉得意犹未尽。

（主讲　梁文道）

《金色笔记》

跨越时空击中你

我们不是用日记去记录一个真实的自我，恰恰相反，因为我们写日记，才创造了一个自我。

莱辛的《金色笔记》出版于1962年，被认为是了不起的经典之作。经典通常具有这样一些品质，比如能够完整地把握时代氛围。《金色笔记》在这一点上无疑很出色，它所展现的是二十世纪五六十年代整个欧洲的社会氛围。

小说的重点人物是女主角伍尔夫和她的朋友莫莉等人，她们曾是最忠贞、最坚定的左派成员，后来却经历了一系列的幻灭。那时候，欧洲的左派总要经历一波又一波的挑战。比如最早支持列宁的人，后来可能要面对一次分裂——托洛茨基到底是不是叛徒？而那些忠于斯大林的人，看到赫鲁晓夫鞭他的尸，无疑也会信念幻灭。还有苏军入侵匈牙利事件[1]，这些都在欧洲左派阵营中引起了不小的震动。

[1] 又称“匈牙利十月事件”。1956年10月23日至11月4日，布达佩斯数十万群众和平游行抗议“苏联模式”，遭到秘密警察镇压，随后引发群众武装暴动。在苏联军队的两次干预下，事件被平息，约2700名匈牙利人死亡，20万难民逃亡西方。

经典作品的另一个品质，是能够跨越时空和文化差异，让每个读者感觉受到启发，说出了一些你想说而没能说出来的东西。《金色笔记》无疑也做到了这一点。这部小说的结构非常特殊，先是自成一篇的小说《自由女性》，讲伍尔夫与她的好朋友莫莉等人的故事。接着是四本笔记，《黑色笔记》记录伍尔夫的非洲经历；《红色笔记》是她对当时社会政治形势的观察，以及对她那些共产主义者的看法；《黄色笔记》纯粹是伍尔夫的一些小说灵感，她正在写自己的第二部小说；《蓝色笔记》则是伍尔夫的生活日记。

这四本笔记与《自由女性》的故事完全糅合在一起，分散在全书的各个部分。那什么是《金色笔记》呢？那是主人公伍尔夫在精神分裂状态下所写的一本笔记。当时伍尔夫写作遇到障碍，情感与家庭生活都不理想，就去找了一名精神分析师治疗。医生建议她把自己的所有言行及内心感想全都记录下来，再分门别类进行分析。这就形成了主人公的四本笔记。

很多人觉得它所表现的是自我分裂，莱辛自己也认为，这最终牵涉自我怎么形成的问题。《金色笔记》写到最后，一个统一的自我终于出现了。这就好像写日记，一个有写日记习惯的人和没有这个习惯的人不一样。习惯写日记的人会慢慢形成一个内在的自我，有些事情不会跟别人说。这跟现在的博客不一样，以前的日记不是给别人看的，你会觉得那是我自己最内在的东西。

假设人格是一圈一圈的洋葱，在一层一层剥开之后，会发现里面有一个最实在的内核。如果一个人完全没有写日记的经验，这个自我就不那么敏感，甚至不会有这个自我。所以我认为，我们不是用日记去记录一个真实的自我，恰恰相反，因为我们写日记，才创造了一个自我。

如果女主角有四个笔记本，那么她很自然就分裂成了四个自我，通过记录自己的一些真实经历创造了四个自我。《金色笔记》承认了这个分裂的状态，自我是分裂的，自我是被创造出来的。

在《裂缝》中，远古的人类并没有“自我”的概念，这是我们现代人创造出来的。而现代人的自我总是分裂的，可以说，《金色笔记》讲述的就是现代人的自我的命运。

（主讲　梁文道）

《特别的猫》

猫的世界有什么

当它们一连花上好几个钟头望着阳光中飞舞的尘埃，它们究竟看到了什么呢？

莱辛的书不容易读，它不是那种引人入胜的情景小说。莱辛比较复杂，她的文字很简朴，里面思考的空间却很大。如果要选一本书，可以比较轻松地进入莱辛的世界，不妨看看这本《特别的猫》。

很多作家都喜欢猫，有的甚至达到痴狂的程度。莱辛就是如此，她一辈子都在养猫。但是从这本书可以看出，她对猫的感情没那么简单，甚至很不同凡响。一开头她讲的不是如何爱猫，而是怎么杀猫。

莱辛从小在非洲长大，家里经营农场。为了解决老鼠问题，他们养了很多只猫。问题是那时候没有结扎技术，猫越生越多，多了就野了，甚至反过来吃掉家里的鸡。于是他们开始屠杀猫，她清楚地记得自己怎么拿枪去猎杀它们。她父亲也大规模地处理那些新生下来的小猫，一窝一窝地杀掉。到了中年她还有一个经验，就是拿一瓶威士忌，一只一只地灌那些眼睛还没有张开的小猫，直到灌死为止。

为什么要写这些事呢？莱辛说她想表现一种状态，小时候在非洲，任何动物都在人的身边来来去去，人们理所当然地全盘接受。若是它们突然失去踪影，也不会有人去解释或提出询问。这是人与猫相遇的最原始、最自然的状态。

她还说，那时候家里的猫时常会被外头的野猫诱惑，那些野猫围着农场的篱笆叫个不停。家猫们第一次发现原来有些猫不像它们这样生活，有时候就会被诱惑着离开家园。这让人想起杰克·伦敦的《野性的呼唤》，也是讲一只家养的狗被野狼诱惑出去，回到了野犬状态。

但是这本书最终从野蛮回到了文明。莱辛后来越来越爱猫，甚至开始迷上它们。她提到一只叫“灰咪咪”的小猫，“她”从小就知道自己很漂亮很可爱，总是随时注意自己的一举一动，就像一个除美貌之外毫无特色的小女人，喜欢对着某个隐形镜头调整自己的仪态。

莱辛把猫写得像人一样，但猫始终是猫。我们常常习惯于把宠物拟人化，把它们当成朋友，跟它们诉说心事。可是你总会在某个时候发现，它们终归是属于另一个世界的生物。当你和它的眼神接触时，你真的了解它的世界吗?

很多养猫的人都会注意到猫的一个特点，它们常常对着一个地方发呆，甚至花上好几个钟头去观察它们不熟悉的事物。比如人在房间里铺床、扫地、缝纫、编织或者打包行李，它们都很爱看，可是它们究竟看到了什么呢?

在我看来，它们所看到的东西跟人类想的并不一样。当它们一连花上好几个钟头望着阳光中飞舞的尘埃，它们究竟看到了什么呢?因为动物和我们很接近，我们能够把它们拟人化，但它们终究生活在另一个世界里，那个世界里到底有什么，谁知道呢?

（主讲　梁文道）

《城市与狗》

军校与男性气质

马里奥·巴尔加斯·略萨（Mario Vargas Llosa，1936— ），秘鲁作家、诗人。2010年获得诺贝尔文学奖，以表彰他“对权力结构的制图般的描绘和对个人反抗的精致描写”。代表作有《绿房子》《城市与狗》等。

其实这些男子气是在一种扭曲的状态下养成的。

2010 年获得诺贝尔文学奖的秘鲁作家巴尔加斯·略萨是中国读者比较熟悉的一位小说家，国内很多先锋小说都受过他的影响。在莫言和格非这些当代作家身上，也能看到所谓“拉美爆炸文学”的影子。但在国际文坛上，略萨的处境有些微妙。他与几年前得奖的莱辛有些相像，都是在最该拿奖的时候没有得奖，现在得奖虽然实至名归，但总让人感到有些意外。

我特别喜欢《城市与狗》这部小说，略萨的这部成名作至今仍是他最优秀的作品。小说的题目比较令人费解，英译本和日译本都改作了《英雄时代》，似乎强调了故事里的人物最后都是英雄。

小说的背景是真实的，普拉多军校也是略萨的母校，是秘鲁首都利马一所很有名的军事学校。书中写它不仅管理方法粗暴专制，还充斥着腐败的官僚气息。这本书出版后，在普拉多学校被当众焚烧，然而如今略萨获得了诺贝尔奖，他们学校倒不计前嫌地在网页上荣耀地介绍此书。

这部小说充满了回忆和倒叙，而且至少由三个叙事者轮流讲述。这些叙事者用意识流的方法表达自己的内心世界，把过去与现在的时间、校内与社会的空间打通了。从广泛意义上说，这也是一部成长小说，描述了青春期的躁动和年轻人迈向成人社会的过程。很多人喜欢拿它与《麦田守望者》比较，只不过《麦田守望者》写的是一个年轻人，这部小说写的是一帮年轻人。

故事讲述了新生入学后如何被高年级同学欺负，然后他们又团结起来反抗、报仇，直到最后发生了意外杀人事件。略萨用十分精巧的方式讲述整个故事，虽然人物关系并不复杂，但变换了多种叙事角度，使我们对人性的洞察更丰富、更立体，其中最突出的一点是弥漫在军校中的所谓男性气质。

小说中很多表现男性气质的情节，比如男生无聊时会进行一种比赛，大家一起脱了裤子自慰，然后看谁射精射得最远。他们最崇拜的人既不是校长也不是军官，而是每个礼拜主持弥撒的一位金发神甫。神甫性格开朗，喜欢在布道时鼓励年轻人献身祖国，闲暇时学生却看见他好几次穿着便服在不良场所游荡，不但身上散发着浓浓的酒气，还眼露凶光，这才是男生们羡慕和崇拜他的真正理由。

书中有一个人物外号叫“奴隶”，后来死掉了。他曾对另一个外号叫“诗人”的男孩说：你是我唯一的朋友，我之前认识的人都算不上朋友，你是唯一让我想和你待在一起的人。这话听上去有点像同性恋告白。在军校的雄性氛围中，人人都觉得友谊必须以一种粗暴的方式表现，这样的表白显然太娘娘腔了。

怎么才算是真正的男子汉呢？小说中有一个教官想秉公严查学生们的违规事件，却遭到校长反对。校长说，在军队里首先必须学会如何做一个男子汉，而真正的男子汉是抽烟、酗酒、赌博、嫖妓样样都来的。学生们心知肚明，做这些事万一被抓住了就得退学，但是想成为男子汉，就必须甘冒风险。

有一个学生偷考卷作弊，被发现后他一个人承担了所有过失，没有供出同伙，最后被逐出校门。他被认为是英雄好汉。“诗人”为了给朋友报仇甘愿牺牲自己，也被认为具有英雄气概。其实这些男子气概是在一种扭曲的状态下养成的，比如“诗人”为什么要去替朋友报仇？与其说是讲义气，不如说是内疚，因为他不久前抢了朋友喜欢的女孩。

男孩们的头头“美洲豹”看上去最勇敢、最粗暴，但在他的回忆里充满了小时候在家里被虐待的情景。他一直生活在紧张和恐惧中，日后那些勇猛张扬的打架行为不过是对懦弱过往的一种反叛。

小说中的每一个人物都相当复杂，也很具有说服力，我们仿佛看到了年轻时代的自己，那些有过男校经验的读者甚至可以从中嗅出熟悉的气息。更重要的是，男校的种种处境其实也是社会的缩影，让我们看到每一个人在高压下的反抗或顺从，而这种反抗就是所谓男性气质的表现。

（主讲　梁文道）

《中国套盒》

小说的形式问题

那是一种欲望，就像寄生在人身上的绦虫，它吸干你的血液和营养。

略萨是一位学者型小说家，拥有博士学位，同时也在多所大学教书。这样的人谈起小说，总令人担心会不会学究气十足。今天的所谓文学理论晦涩深奥，已经成了一种文字游戏。不过略萨的这本《中国套盒》非常受欢迎，几乎在全世界成了研究文学的入门必读书。

这本书的副标题叫《致一位青年小说家》，非常平易，像是回答一个青年人的问题，但其中的道理恐怕从事文学创作的人都会感同身受。比如，作者谈到才华问题，文学创作当然需要才华，但什么是才华呢？作者认为才华源于一种反抗情绪，是向往另一种生活的人对现实的批评和拒绝，他们用自己的想象制造出另一个理想世界。

什么又是反抗呢？作者说那是一种面对现实的怀疑态度，从事艺术创作的人如果不是出于对现实的不满或怀疑，又怎么会堕入另一个想象世界呢？就连写实主义也是为了表达对现实的不满，想呈现一个比现实更美好的未来现实。

而关于文学创作的能力，作者也有一个形象的比喻。他说那是一种欲望，就像寄生在人身上的绦虫，它吸干你的血液和营养。二十世纪六十年代，略萨住在巴黎时，认识了一位西班牙画家和电影工作者玛利亚。有一天他们在小酒吧聊天，玛利亚坦率地说："你以为我和你一起逛书店、讨论电影是因为觉得这样很快活吗？错了，我做这些事是为了我身体里那些绦虫，我生活中的一切已经不是为了我自己，而是为了它们，我只是个奴隶而已。"

这番话让略萨大为震惊，但细想一下，这难道不是所有从事文艺创作的人共同的病症吗？作者说，曾经有人问他，应该如何选择小说题材，因为他不知道该写什么。略萨说，这就很奇怪，如果你不知道该写什么，为什么要写作呢？小说家不选择题材，而是被题材选择。他之所以写某些事情，是因为某些事情出现在他的脑海里。当然在这个过程中，作家有相对的选择自由。无论如何，与形式相比，题材的分量要小得多，作家更应该对文学的形式负责。

《中国套盒》讲的就是小说的形式问题，比如风格处理、叙事角度，以及人称、时间、空间等。略萨被称为"结构写实主义"大师，虽然他本人不太接受这个称呼，但也表明他的写作技巧确有高明之处。其实，略萨所使用的一切技巧都是早就存在的，只不过他能够一以贯之地用，并且用得很巧妙。

略萨会使用很多花哨的技巧使故事的结构具有丰富的层次，这种结构小说的方法就像中国古代的套盒一样，拉开一层小抽屉，底下还有一层，每层都可以装点什么。小说的叙事也是如此，你可以在一个故事中再加进另一个故事，它们不是单纯的并置，而是故事中的故事，是一种迷人的互相影响的联合体，具有意义模糊复杂的共生效果。

还有一种结构手法叫做“隐藏材料”。当然，这也不是略萨的发明。据说海明威就冒出过这种想法，在他正在写作的故事里突然取消了一个重要情节，比如主人公自杀死了，然后就剩下一片意味深长的沉默。

这沉默意味着什么呢？叙事者故意把小说里影响重大的东西隐藏起来，这种隐没反而会赋予小说更大的魅力。略萨说，小说家注定得从故事中删除大量多余的材料，可是“隐藏材料”不是无用的，恰恰相反，这些隐藏材料都是功能性的，在叙事情节中发挥着重要作用。比如《城市与狗》中，“奴隶”被杀是一个非常重要的场景，但这个场景并没有出现，其细节材料被隐藏起来。

还有一种技巧也是略萨常用的，他把它命名为“连通管”。作者举了福楼拜的名著《包法利夫人》为例，在“农业展览会”那个场景中同时发生了几件事。首先作者详述了这个热闹的农产品博览会，与此同时，包法利夫人正和她的情人在市政厅楼上调情。两个故事看起来完全不相干，但并置产生了一种特殊效果，上面是情人焦急的互相倾诉，下面是闹哄哄的集会，两者互相衬托出一种奇异的暗示效果。

（主讲　梁文道）

《天堂在另一个街角》

高更和他的传奇外婆

天堂对外婆来说是一个女人可以获得与男人一样平等权利的新世界，在高更那里却是大溪地那个所谓野蛮人的世界。

很多小说家的成名作往往都是他最好的作品，因为那是他一生中最想处理的题材，他会把所有的力量都灌注在这部小说中。反之，如果一个题材是作家刻意去寻找的，也许就没有那么强烈的创作动力了。有人说，略萨后期的作品缺少从前那种饱满的力量，但这本 2003 年在西班牙出版的《天堂在另一个街角》仍不失为一部值得一读的好小说。

书的主要人物是画家高更和他的外婆。高更是一个流淌着疯狂血液的人物，他本是一个从事商务的普通职员，中途学画却一发而不可收，后来还抛下家人到大溪地[1]去，恰恰在那里，他的绘画有

[1] 大溪地，即塔西提岛（Tahiti），南太平洋中部法属波利尼西亚群岛中最大的岛屿。高更曾于 1891—1893 年在那里居住，并创作了《两位塔西提妇女》和《我们朝拜玛利亚》等名作。

了新突破。

高更的外婆弗洛拉·特里斯坦[1]夫人是一位早期的社会主义者，她不仅大力宣传社会主义，还主张男女平等，到世界各地宣讲自己的见解，希望能够触发一场改变社会的革命。除此之外，她还是一位激进的双性恋者。

小说采用的是一种特殊的连通管式结构，一条线讲外婆弗洛拉·特里斯坦夫人，另一条线讲保罗·高更，两条线绝大部分都平行进行，只有一小部分是交叉在一起的，但我们能够感受到两者之间的互相回应。

这对祖孙其实从未谋面，外婆去世四年后高更才出生，但是他们之间有一种神奇的联系，那就是对现实社会的不满和对理想天堂的期盼。天堂对外婆来说是一个女人可以获得与男人一样平等权利的新世界，在高更那里却是大溪地那个所谓野蛮人的世界。

在高更眼中，这种野蛮是高贵的。他向大溪地的历史致敬，对欧洲窃取其他文明表示歉意，他痛恨欧洲文明。大溪地赋予他的画作一种原始的爆发力，正是这一点使他在别人眼中像个疯子。

高更和凡·高曾是好朋友，后来两人翻了脸。凡·高比高更更疯狂，甚至切掉了自己的耳朵。书中写道，1887 年的一天，高更在法

---

[1] 弗洛拉·特里斯坦（1803—1844），秘鲁和法国混血，早年丧父，成年后的婚姻生活十分不幸。她离开家庭后，自谋生计，出书演讲，为争取妇女的权利和地位而斗争。唯一的女儿阿丽娜即高更的母亲。

国一家餐厅遇到了这个荷兰疯子。凡·高不许高更恭喜他的新画作，自己却大力握着高更的手说，我在丹尼尔·蒙佛瑞德[1]那里看到了你的《马丁尼克风景》，实在震惊。但他接下来的话更令人震惊，他说，你根本是在用阳具画画，而不是笔刷。

两天后，高更又在一个朋友家里遇到凡·高，他刚好带来了这幅画。这个荷兰疯子仔仔细细地从不同角度端详着，他说这是一幅好画，情感真实饱满地溢出来，像血、像精液。他紧紧地抱住高更说，我也要用我的阳具画画，教我吧。

这都是些什么疯话啊！但是，凡·高死后被称为天才，他的画被炒得很贵。书中有一段话是高更跟自己的对话，他说，你死了之后也会被称为天才吗？你的画作也会像那个荷兰疯子一样以天价售出吗？

[1] 高更的朋友，替他在欧洲卖画并汇款给他。

他觉得应该不会，因为自己已经不像从前那样重视名气和金钱这些身外之物了。毕竟大溪地离巴黎实在太远。

（主讲　梁文道）

《恶童三部曲》之《恶童日记》

不可分离的“我们”

雅歌塔·克里斯多夫（Agota Kristof 1935—2011），匈牙利女作家。1956年，匈牙利发生暴动，随夫迁至瑞士。作品具有冷酷逼真、发人深省的特质。1986年，处女作《恶童日记》在法国出版，震惊文坛。其他作品还有《昨日》《文盲》等。

种种匪夷所思的练习都被他们想出来，为的是要磨砺自己的神经，使自己坚强。

我一直不太能欣赏20世纪西班牙超现实主义画家达利的作品，可是他有一幅画让我在小时候看过之后就再也无法忘怀，那就是《内战的预感》。画的正中央有一个人被分成了两半，他们互相伸出鳞爪去抓对方，下面的半个人凶狠地抓着上面那半个人的乳房。这幅画表现了人因为战争和杀戮而造成的自我的分裂、挣扎、纠结，比用文学笔墨去展现一个历尽劫难的民族的内部撕裂，更有冲击力。

很多作家擅长写大革命时期、疯狂暴力和集体愚昧时期一些个人的不幸遭遇，但是有一部作品不但能让人看到个人的不幸，同时也展现出整个人类内在的断裂，这就是《恶童三部曲》，作者是匈牙利著名作家雅歌塔·克里斯多夫。

雅歌塔于2011年去世。她在匈牙利出生长大，1956年苏军入侵匈牙利时，和丈夫逃到瑞士，之后就在瑞士居住、写作。她住在法语区，小孩也生在那儿。她给孩子们念法语故事，顺便自己学法文，居然就这样成了一位用法语写作的作家。《恶童三部曲》被公认为当代法语文学的经典。

《恶童三部曲》的第一部《恶童日记》采取了一个非常独特的叙事角度。一般小说都采用第一人称“我”——主人公讲述，或第三人称“他”——好像有一个全知的叙事者从上而下或者从旁观看。《恶童日记》采取了“我们”的人称形式。“我们”是一对双胞胎兄弟，在这本书里，你看不出他们叫什么名字，也看不出他们之间有什么分别。他们似乎永远在一起，永远一起说话，一起行动。

故事发生在“二战”中某个不知名的中欧国家——读者或许会猜测那是作者的故乡匈牙利，这个国家被外国军队——很明显就是纳粹德国——入侵。双胞胎的父亲被征去当兵，母亲跟一个军官走了，丢下两个小孩给外婆照顾。而外婆是小镇上出了名的“老巫婆”，大家都说当年她毒死了自己的丈夫。两个外孙一直被她骂成“狗娘养的”，因为她跟女儿关系很差。

兄弟俩虽然住在外婆家，但深有寄人篱下之感。他们活下去的方法就是两个人不断练习种种来日必备的生存技巧，比如挨打，两人互相用皮鞭抽对方，然后问痛不痛；互相辱骂对方，看受不受得了；甚至去做一些断食练习、沉默练习……种种匪夷所思的练习都被他们想出来，为的是要磨砺自己的神经，使自己坚强。

书中有一段这么写道："我们可以互相辱骂，不在乎别人，然而我们心里仍旧有一些令人难忘的话语，母亲以前常常唤我们'亲爱的'、'我的爱'、'我的宝贝'、'亲爱的小宝宝'。每次想到这些字眼，还是不免热泪盈眶，这些温柔的话是应该忘记的，因为以后不会再有人这么叫我们了，而这些回忆如此沉重，让我们喘不过气来。"

兄弟俩也一直不停地跟对方讲："亲爱的，我的爱，我爱你们，我绝不离开你们身边，我只喜欢你们，永远永远，你们是我的所有。"不断重复这些话，让这些字眼逐渐丧失它们的意义，以便减轻痛苦。

在做过各种练习之后，他们变得非常抽离、冷静，甚至不带人性。他们为了练习残酷可以去杀害各种小动物，割断它们的喉咙，或者把它们淹到水里。事实上，后来他们真的尝试过割断人的喉咙。

他们有一个要好的朋友叫"小兔子"，是个兔唇小女孩，有点傻，常常被人欺负，两兄弟经常想办法保护她。"小兔子"常常去小镇上看一位老神甫—— 一个常常教训两兄弟要读《十诫》的人，她掀起裙子让神甫抚摸她的下体，然后拿到一些好吃的东西或钱。

"小兔子"后来的遭遇相当悲惨：德国军队走了，苏联军队来了，她走上街头欢欣鼓舞地招呼那些苏军士兵来轮奸她。她一边被轮奸，一边还傻乎乎地大叫“好舒服”，最后就这样死掉了。

神甫的女佣是个性感的女人，待两兄弟非常好，看他们和外婆住在一起不洗澡，又脏又乱又臭，就带他们回家洗澡，然后自己也脱了衣服和他们一起洗，叫两兄弟一人一边亲吻她的乳房。有一天，经常送两兄弟靴子穿的皮鞋店老板，因为是犹太人，要被送去集中营。运送途中，他们看到一只瘦小的手伸出来，向街边一个女人要面包，这女人就是喜欢让他们亲她奶头的那个女佣。女佣戏弄犹太小孩，说给他面包结果又不给。两兄弟看了怀恨在心，居然把这女人炸死了。

从这些故事中，你很难判断兄弟俩是好还是坏，他们一点也不仁慈，甚至非常可怕，但有时又会冒出一些正义感，并且夹杂着孩子的天真想法。比如，外婆不准他们上阁楼，他们偏偏要上，上去之后又怕外婆发现，就把通往阁楼的楼梯切断，让外婆跌成重伤，从此再也不能爬楼了。

这本书虽然以第一人称复数来讲述，但叙述非常冷静，仿佛在说别人的故事。到了战争末期，妈妈终于回来找他们了，同时也带回了新认识的军官以及和军官生的小孩。这军官是个纳粹，也就是说，妈妈已经嫁给敌人了。两兄弟不肯跟妈妈走，要跟外婆在一起。争持中，一颗盟军炸弹落下来，正好落在他们家院子里。

书中这样描述：“整个场面血肉横飞，军官咒骂了几句便跑回他的吉普车，然后驾驶吉普车急速离去。我们看着妈妈，她的内脏全露出来了，她全身都是红红的，那个娃娃也是。妈妈的头挂在炸弹炸开的大洞里，她的眼睛张开而且还充满泪水。”两兄弟一起把妈妈埋了。等这事平静下来，他们的表姐从镇上回来，问他们发生了什么事。他们说：“对，一颗炸弹把院子炸出一个大洞……”好像什么事都没有发生过。

爸爸也在战后回来了。那时候冷战开始，铁幕落下，边界被封锁起来。爸爸想穿过边界逃到邻国去，离开这个不自由的中欧小国，但边界不只有铁丝网和卫兵，还有地雷阵。爸爸期望这两个常年住在边界的儿子能够有办法帮他离开。两兄弟安抚爸爸说他们有办法，领着爸爸一路走到地雷阵附近，然后让爸爸走过去，结果爸爸一走过去就被当场炸死。原来他们是故意设计要爸爸炸死在第二道铁丝网的附近，然后其中一个人就可以踩着爸爸的尸体躲开地雷逃出边界，而另一个人则留在外婆家。书的末尾，“我们”终于分开，变成了两个“我”。

（主讲　梁文道）

《恶童三部曲》之《二人证据》

一个人的死亡与孤寂

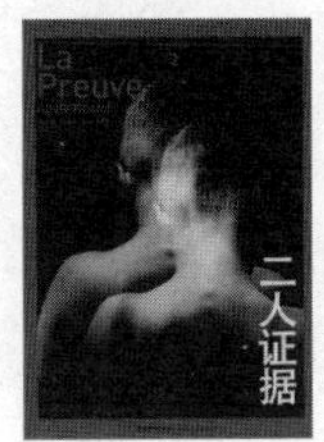

兄弟的离去不是那么简单，它变成一个伤口，好像成为路卡斯一个人的内在分离。

上一部《恶童日记》中，小说以第一人称复数“我们”来讲述，到了结尾处两兄弟分开才终于拆解开来。二人自此经历了强烈的身份蜕变，而拥有独立人格似乎是要踩着父亲的尸体才能实现。但也由于害死父亲，儿子自己也分裂了。换句话说，这是一个俄狄浦斯情结[1]的倒转版——必须通过杀死父亲才能确立自己，才能有一个独立的“我”；与此同时，这个“我”因此又是永远欠缺、永远匮乏、永远不完整的。

这部小说的语言非常简单而冷峻，有人认为这是由于作者成年之后才学习法语，使她的文字几乎没有辞藻华丽的形容词，基本都是名词和动词。就算是如此简洁甚至荒寒的语言，读起来也令人毛骨悚然。

[1] 来自弗洛伊德的理论，简单来说就是爱恋与自己不同性别的父母亲，仇视与自己同性别的父母亲。

她描述两兄弟埋葬母亲，诱杀自己父亲的过程，只是写出那些外在行为，完全没有提到他们内心的挣扎。

如果没有足够的心理描写，又如何用那么短的文字去建立种种冷酷残暴场景的可信性？这时就发现以第一人称复数“我们”讲故事的妙用了。假如以“我”来讲故事，就有充足的空间去写“我”的感受、“我”的情绪；但如果用“我们”写，就很难说“我们”怎么想，“我们”怎么样。“我们”没有更深的人格刻画空间。

于是从“我们”的角度看，事情的确顺理成章地变得冷淡、平静，好像只是在叙述事实。但是到了第二部《二人证据》，整部小说就急转直下，叙事角度变成了第三人称，主人公变成了一个——就是两兄弟中留在边界小镇的那个人，我们这才知道他叫路卡斯。他经历了这个中欧国家的另一个阶段——“二战”之后的共产主义时期，也就是铁幕时代，强大的专制力量从上到下笼罩着他们。

在这种境遇里，路卡斯的性格发生了奇怪的转变：一方面他还是过去那个非常冷酷的人，另一方面他内心柔软的部分好像也开始复苏。他常常跟镇里的人提到他兄弟的故事，但所有人都说他疯掉了，那个所谓逃到边界以外的兄弟根本就不存在。于是他说：“我们这两个人的分开使得我永远无法忘怀。”兄弟的离去不是那么简单，它变成一个伤口，好像成为路卡斯一个人的内在分离。

后来，路卡斯收留了一对母子，和他们住在一起，并不断与别的情人发生关系。在那个高压统治的年代，人人苦闷。路卡斯注意到街对面有一个失眠者，每夜什么事都不干，就是不断地打开窗户，问路过的人："现在几点了？"

路卡斯的朋友对这个失眠者很好奇，天天观察他，但又害怕别人看到自己。他说："我坐在房间的一角，这样他就看不到我了。我现在已经明白，如果我还待在这里除了抽烟、喝酒，或从窗户观察那个失眠者之外什么都不做，如此一来就轮到我成了失眠者。"

故事说到最后，出现了非常出人意料的一段。路卡斯逃出边界的兄弟在几十年冷战结束之后，终于回来了。那个兄弟叫克劳斯，一回来就被警察拘留起来。克劳斯熟悉本地的语言，熟悉本地的一切，却拿着另一个国家的护照，并且随身带着一大堆手稿；而留在小镇的路卡斯也有一份。他们写下这些年生活中所有值得注意的东西，想等到有一天兄弟重逢，让对方看看过去几十年中发生了什么事。

小镇警察看过克劳斯的手稿后这样说："本镇基于安全上的理由，检查过克劳斯所拥有的手稿。从这些手稿看来，似乎可以证明他兄弟路卡斯的存在。其中根据手稿得知，大部分的内容由路卡斯执笔，而当事人克劳斯只在第八章的最后加了几页。主要的问题在于，从头到尾的字迹都出自同一个人，而且那些纸张没有任何老旧的迹象。因此可以推断，这一切的故事只是这个克劳斯停留本镇的时候自己写的，有关文章的内容只不过是一个虚构的故事，因为文中提及的事件和人物都不存在于本镇。"

也就是说，路卡斯的故事只不过是从边界回来的克劳斯虚构出来的。到底这对双胞胎是真的双胞胎，还是其中一个是真人，另一个是他想象出来的？他小时候逃离了这个国家，在外国生活了一段时间，回到家乡又写下这么一个故事？也许，整个小说写的就是一个从来不曾存在过的双胞胎兄弟，第一部书可能是虚构的。

《恶童三部曲》之《第三谎言》

真实与虚幻的重影

人生根本就一无是处、毫无意义，它是一个谬误，是永无止境的痛苦，是造物者的恶意，超越了才智的一种发明。

欧洲有些地方就像匈牙利，曾经被纳粹德国占领，后来又被苏联军队占领。之后那几十年光阴里，很多人对于很多事都不知该如何讲述。到了冷战结束，好像整个局面都稳定了，他们又怎样回头看待自己的过去呢？这便是《恶童三部曲》的重点：如何回顾自己的记忆。这三部书虚虚实实，里面的故事到最后我们都搞不清楚哪些是真实的，哪些是想象的。

第三部《第三谎言》，叙事角度和整个结构又变了，一本书分成第一部和第二部，分别是由两个“我”来叙事——就是这对双生兄弟路卡斯和克劳斯。两个叙事的“我”都是作家：一个是小说家，一个是诗人。他们写故事也像作者一样，尽量不带任何情感，比如千万不要说“我们喜欢吃核桃”，因为“喜欢”这个词不客观，客观的形容应该是：我们吃了很多核桃。

虽然他们诉求真实、客观，但有时候真实的东西太伤人了，于是只好虚构，让事情比较容易被人接受一点——这就是小说中虚假部分的由来。他们不断诉说着自己很好、很快乐、很平静，拒绝回顾那些失落的记忆，拒绝重新揭开伤疤。问题是，过去是不是真的那么容易说消失就消失呢?

小说中的两兄弟也许是真，也许是假，无论真假，他们都经历了某种巨大的创伤：如果这两兄弟真实存在的话，创伤就是这对双胞胎兄弟的分离；假如他们其中一人只是虚构的话，那就更凄惨了，我们看到一个从小生活在幻想中的人，他不能和德军说话，不能和苏军说话，不能和父母说话，于是自己和自己说话。对话久了，会不会就生出了一个不存在的双胞胎兄弟呢？“我”早已分裂成了两半。

真实情况是，路卡斯一个人去外国生活了几十年，直到老年才回到家乡小镇，回来找他失散多年的兄弟。他在曾经住过的街道上走，走累了就在旅馆里睡觉。有时候，他会做梦，梦见小镇发生火灾，把沿路的商店住宅全烧毁了。火光中有一头美洲豹向他走来，优美的身影消失在火光中。接着，他看到一个大约四岁的小孩，他问：“你是我的兄弟吗？”小孩说：“不，我不是你的兄弟，我没等任何人，我是永远年轻的守卫。等兄弟的人现在就坐在中央广场的长凳上，他很老，也许他等的人就是你。”

路卡斯不断做着关于自己身世的梦，谜底一点一点揭开了。原来他似乎真有这么一个双生兄弟留在镇上，只不过他们从小就被迫分离。他们的爸爸是个军人，在外出征战的时候认识了另一个女人，要和那个女人结婚，甚至还生了一个孩子——这正是经常发生于战争时期的悲剧，很多夫妻因为战乱离异。

父亲对家庭的背叛使两兄弟的母亲非常愤怒，她抢过手枪打死了自己的丈夫，又失手打中了路卡斯。路卡斯被送进一家康复中心，后来被一位婆婆收养，越境去了国外，和兄弟失散了。少小离国的乡愁变成浓郁的想象，路卡斯最终写成了《恶童日记》和《二人证据》。

这是从路卡斯的角度来叙述故事。《第三谎言》的下半部从克劳斯的角度开始叙述，他不仅失去了自己的父亲和兄弟，她的母亲也因此疯癫，陷入无尽的悔恨之中。在苏联接管这个国家的那些年，克劳斯是一家印刷厂的厂长，他说："我们在报纸上发表的新闻完全与事实相反。'我们拥有自由'这个句子每天印刷了上百次，但是街上到处都可以见到外国军队的士兵。大家也都知道，还有许许多多政治犯和外国旅客被拘禁。甚至在我国境内，我们也无法随自己的意愿前往任何一个城市。每天我们也印刷了上百次'我们生活在富足幸福的日子里'的句子。起初我以为对其他人而言这是真的，母亲和我则是因为那件事，也就是那件往事而变得既悲惨又不幸。但是一个朋友告诉我，他们家也不例外，因为包括他自己、妻子和三个小孩，正以绝无仅有的悲惨方式生活呢。"

这个故事无论真假，到了第三部书的结尾，两兄弟通电话见了面。一直留在家乡的克劳斯拒绝承认从外国回来的路卡斯。他说，你是个根本不存在的人，你所说的一切都是你想象出来的——拒绝和他相认，因为这个兄弟是他母亲心中永远的刺。他们以为他死了，母亲又不愿意接受这个事实，疯疯癫癫地天天盼着路卡斯回来。母亲爱着那个不存在的儿子，而对眼前跟在她身边的真实儿子视若无睹。

两兄弟最终还是分开了，路卡斯被拒绝后失望离去，克劳斯回到家躺在床上，描述自己的心境："睡觉前我在脑海中和路卡斯交谈，这是我多年来一直保持着的习惯。谈的内容也几乎同往昔一样，是同一件事：我告诉他，如果他死了我很想替代他，因为他实在是很幸运。我还告诉他，他得到了最好的那一份，而我却必须承担最沉重的担子。我还对他说，人生根本就一无是处、毫无意义，它是一个谬误，是永无止境的痛苦，是造物者的恶意，超越了才智的一种发明。"

但是这个世界、这个人生是不是真的一点意义都没有呢？我回想起书中描写的一段梦境：回来的兄弟在梦中找到了他的弟弟，他的弟弟对他说："你迟到了，我们快走。"他说："周围的一切都腐朽了，十字架、树木、灌木丛和花朵都腐朽干枯了。我兄弟用拐杖翻动泥土，许多白色的蛆虫都爬了出来。我兄弟说，不是所有的东西都死了，这些东西还活着，蛆还活着。"

《西夏旅馆》

台湾“外省人”的狂暴流亡心

骆以军，1967 年生，台湾中生代小说家。台湾文化大学中文系文艺创作组、台湾艺术学院戏剧研究所毕业。著有《西夏旅馆》《月球姓氏》《妻梦狗》《红字团》等。

整个民族的灭绝，就因为他的建国者是这样一个残暴的人。

我觉得骆以军是台湾近十年来最有创造力的作家。他苦学成才，上大学为了要学写小说的技巧，居然用最老套的方法——抄书，把陀思妥耶夫斯基的长篇巨著抄了一遍，把《百年孤独》也抄了一遍，甚至卷帙浩繁的《追忆似水年华》都抄过，简直是太变态了。

骆以军一出道就拿了很多文学奖，最新这部《西夏旅馆》得到2010年华语地区奖金最多的文学奖项“红楼梦奖”[1]，在我看来是实至名归。这本书有四十七八万字，分上下两册，中间还夹附了一本作者的阅读笔记——《经验匮乏者笔记》。

小说家很在乎一样东西：经验。我们常说，任何艺术创作都需要比较丰富的人生经验，似乎一位作家的生活越是不堪，越是坎坷，就

[1] 红楼梦奖，又名世界华文长篇小说奖，香港浸会大学文学院于2005年创立，以奖励优秀华文作家和出版社。该奖两年一评，30万港元是目前单本中文小说最高奖金。

越能写出东西。相反，如果他含着金汤匙出生，从小到大一帆风顺，大概很难领略人生的种种不测与不幸，写作也会比较苍白乏力。

骆以军说：“对我而言，好写的东西有三样：少年、梦中的故人、鬼或者外星人；难写的东西有三样：贵族、博学者、说笑话的人。为什么会有这样的难易之分呢？其实都是因为经验的局限。”

“譬如太宰治[1]的《斜阳》里，写贵族母亲，花丛中撒尿；或者章诒和写落难贵族灰扑扑年代的家庭巨宴——后巷一干侍女，由丈夫择也，换上华丽旗袍的场面，真是抓耳挠腮，心羡亦不是，临帖亦不是。”

他无论如何都写不好那种贵族生活，因为他没这个经历。但如果把这件事反过来，纵使你生活经历丰富，当过海上船员，游历世界各地，并不保证你能写出好作品。经验同时是一种主观感受，需要有一套框架去把生命中遭遇的事情承载起来，理解它，辨别它，使之成为有意义的事。譬如看到街边一个蜷曲身子的老太太，若是不敏感的人，可能只把她当成一道寻常的都市风景。但你如果敏锐一些，说不定会联想到她的身世……

经验就是这么来的。所以骆以军讲的经验匮乏，指的不是生活经历的匮乏，而是缺乏一套能够把生活经验组织起来的框架。他羡慕很多大陆作家不只经历过时代的沧海桑田，而且仿佛被赋予了一种叙事

[1] 太宰治（1909—1948），日本小说家。39岁时和女读者深夜蹈海自杀。著有《富岳百景》《斜阳》《人间失格》等。

能力，去描述生命中事件的起承转合。

骆以军的生活经验有限，于是他拼命读书，在书本上为自己虚构出一个框架，如此就产生了一种带有书面感倾向的文字，跟大陆作家常常给人的口语感觉不一样。骆以军的作品强调“性”、“暴力”、“家族故事”，那些华丽的遣词造句背后是一大套近乎狂乱的想象力。这想象力愈演愈烈，每一次好不容易接近问题的核心，写出一些东西，又发现还有一些东西不够深入或被忽略，于是从头再来。《西夏旅馆》可以说是他过去所写题材的重现，而且写得更充满魔性的猖獗。

骆以军的父亲二十多岁跟着蒋介石来台，与过去生活的土地、族群全部切断，在陌生岛屿重新开始。这一代人常常怀念过去，回想那片失落的土地，可是当他们年老时真的有机会返乡，才发现那个现在的故乡早已是“他乡”了。骆以军在外省人的圈子长大，听大陆各地方言，吃大陆各地食物，想象那里的种种故事。然而一出门看到的是台湾本土之物，遇见“本省”同学，感到自己是那样格格不入。虽然如此，他自己有了小孩以后，这孩子就会成为彻彻底底的台湾人，外省人在他这一代终结了。

中国历史上有过一个灭绝的部族：西夏。西夏王朝的奇妙在于，它曾经非常强盛，有自己的文字和政治制度，但很快就像烟一样在西北荒漠上消失了。这是一个谜一样的王朝，它的文字到今天仍不能被完全读懂。骆以军用小说的形式把西夏的灭亡表现出来，骑兵南下逃亡与“外省”第二代流落孤岛异曲同工。然而，他要讲的还不只是以古喻今反映台湾外省人的生活状态，而是要找出中国历史上那种消失的人，他们的命运和消失的过程。

所以，旅馆是他小说里经常出现的意象，很多旅人在此经过、居住、留下故事，但终究会离开，徒留一些神秘传说。《西夏旅馆》里许多不同时代的人一个个华丽登场，又突然进入虚空中。那些破碎的记忆无法用完整的故事穿起来，你只能像在旅馆一样，将一间间房子随机地打开，一瞥不同门后那不同的世界。

《西夏旅馆》时间感绵密，人称常常变换，情节推动缓慢，贯穿其中的主角图尼克自称是西夏后裔。他聊起外省人的遭遇时说："很多别的民族，比如说犹太人，他们有《圣经》，有《出埃及记》，或者印度人有《摩呵婆罗多》，伊斯兰教徒有《古兰经》，可以把他们个体存在遭遇的所有事情融合进一个很大的整体。可是，我们这些人没有这种东西，我们只能一代一代断简残章传递着单一一代所发生的故事。我们一代一代说故事的父亲们全是一片一片的鱼鳞，永远无法镶嵌组成一条鱼。"

书中还有一个人物是旅馆里的老鸨，年轻时当妓女招待过无数恩客，记得旅馆里的每一个客人。"她见过、听过太多这个旅馆全盛时期进住然后搬走的那些鬼魂幽灵的幻异故事了，她变成了这座旅馆的回忆。所以她说起故事来像是失去了'房客离开房间便是永远离开了'的时空认知。后来住进来的故事，无法把原先占据房间的故事赶走，永远不会让它有空出来的旧空间，这也是这间旅店像蜂巢一般持续长大的原因。它被它吞食的故事撑着胀着。”旅馆成了一个像大脑一样承载记忆的空间。

这就是《西夏旅馆》的结构，繁复而饱满，很难用简单语言概括它的内容。书的最后一部分“图尼克造字”写得有趣，用了很多西夏文字，每一字下写一段故事，仿佛要去解读这些字的真实意义。但那意义其实是非常可疑的，因为西夏文字本来就是西夏王朝的建国者李元昊突发奇想，命令丞相硬生生造出来的。

当年李元昊首创的蕃学院里有一个陷于造字苦思困境的老学者，他说：“世界那么大，我替皇上造出来的字，根本覆盖不住那每天滋生冒出的新事物。比如就以新发明的杀人方式来说吧；就以遥远的海边那些我们不曾见过的名目繁多的鱼类来说吧；就以男人的嫉妒，女人的嫉妒，老人的嫉妒，帝王的嫉妒，对才华高于己者之嫉妒，对交际美貌者之嫉妒，对财富之嫉妒，对青春之嫉妒来说吧。这些不同的字，汉字里面都没有，我该如何从虚空里面乱捞乱抓来发明呢？”

骆以军从造字的困扰说到台湾外省人的心境，老学者无法为文字命名，他们也无法为自己命名，他们是一群脱汉入胡的可怜鬼。“这是一个新人类巨大工程中的故障品、怪物或作为比对基因学的抗原在试验后的抛弃物，被称为他们的我们，威胁了称为我们的他们的自我制造工程。”这些外省人觉得自己是被废弃的实验品，他们无法融入这个小岛，他们弄不清自己是谁，他们的残片的记忆、凋零的故事、断裂的历史，大概是中国历史上每一代王朝遗民共同面对的东西。

其实很多台湾作家都喜欢谈这种遗民心事，骆以军的独特在于他不会把这些状态写成静态的哀伤，相反，他写得非常狂暴。他似乎想告诉大家，台湾外省人一切的失落、遗弃都是他们咎由自取。他们本来就是一群活该要灭绝的物种，像西夏王朝最后一队骑兵不断逃亡，却又把救济过他们的村庄屠戮一番；他们越来越不像人，退化成野兽，或者说进化成更原始、更本能的物种。

他用黏稠、华丽而又委靡的语言去描写这个王朝中的暴力与性。有一章“杀妻者”写道：“他见异思迁，喜新厌旧，遗弃、嫉妒。面对被遗弃者，歇斯底里，而心虚佯怒，乃至于暴力相向，因嫉妒而起的谋杀，造谣，借刀杀人。对情敌一家的灭门血案，淫人妻女，杀了最忠实的哥们，然后上他娇滴滴的老婆，也就是你该称呼她当嫂子的那个。杀掉情敌，还有他的儿子。上了自己儿子的女人，你该称呼她媳妇的那个，或是送自己的妹妹上哥们的床，怀上他的野种，好整个谋夺掉他全部的家产。林林总总，眼花缭乱，应有尽有，简直可以开一间败德爱情故事博物馆。”

这段话讲的就是西夏的建国者李元昊。李元昊娶的七个老婆全被他杀死。第一任卫慕氏是他母亲家族的女子，后来他怀疑这个家族想夺权，于是诛灭整族人，甚至毒杀了自己的生身之母。想象这样的画面：“他的阿姨们，浑身是血地躲进他母亲的帐幕，掩面哭泣着：‘你那头小狼，那个从小我们替他洗澡，玩弄他小鸡鸡的男孩，带着人，提着刀，把外头杀得一片血海。’”他杀掉这些人之后，又觉得他跟老婆生下来的儿子也是那个阴谋叛乱的族群留下来的孽种，于是把儿子也杀了。

他对待他爱过的女人永远是："杀杀杀，杀光那些曾经欢爱销魂的女体，那些握在掌心的白色乳房，用劲的时候，她们会发出难辨是恐惧、欢爽，或单纯是疼痛的哀鸣。"

第五个老婆野利氏跟他生了两个儿子。大儿子生性善良，劝他老爸，不要老是那么喜欢杀人。他老爸一听就骂，怎么能够不杀人呢？这儿子和爸爸说着说着，就气死了。第二个儿子长得像他爸，性格也像，后来李元昊要替这儿子娶个媳妇，悲剧开始了。

"眼前这个将来的太子妃，他要夺取的那个女人，胯下似乎喷散出一种朦胧韵白的香气，像鼻涕虫钻进他的鼻腔，蠕爬进他的脑额叶。那个浓郁的香味越来越浓，在满殿朝臣大庭广众下，秘密地、持续地从她的裙胯下，繁花簇拥地朝着他包围而来。"

"他看到她的第一眼，就决定要杀掉自己的亲生儿子了"，"事情有点复杂，还得杀掉他现在很喜欢的野利皇后。和眼前这个发光的神物相较，她简直是一匹穿着绣袍的母骡子。"

整个民族的灭绝，就因为他的建国者是这样一个残暴的人。骆以军的整本小说充满了类似的狂暴想象。

（主讲　梁文道）

《荒人手记》

用文字逆转时空

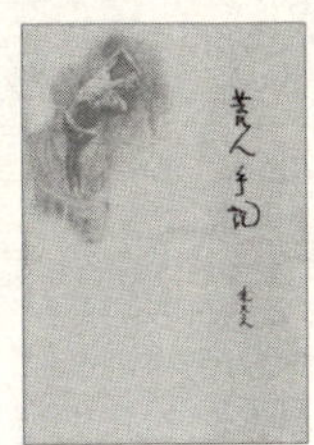

朱天文（1956— ），台湾作家、编剧，毕业于淡江大学英文系。曾创办《三三集刊》《三三杂志》，1994年以《荒人手记》获得首届时报文学百万小说奖，另著有小说《世纪末的华丽》《炎夏之都》等。

他预见到自己爱过的男人们终将一个个死去，时间和生命是不可逆的，但是书写不同。

朱天文、朱天心、朱天衣三姐妹在台湾一出道就被惊为天人。她们一起弄出版社，自己出作品，那个时候她们的作品真是好。拿朱天文来说，她年轻时的文字非常浪漫，有种温情脉脉的儿女情长，是奇异的古典美。

十几年前她第一部长篇小说《荒人手记》一出版，就在华语文学界引起轰动。这是一个男同性恋者的故事，里面有大量离经叛道的性描写。文字华丽繁复，其中又大量引入李维·史陀[1]和福柯等人的理性论述。所以也有读者认为这本书写得太生僻，太多掉书袋的地方，根本看不懂。

[1] 李维·史陀（Claude Lévi-Strauss，1908—2009），大陆译为“列维·斯特劳斯”。法国哲学家、结构人类学创始人，法兰西科学院院士。著有《野性思维》《神话学》等。

很多人觉得小说只要把故事讲好就行了，但你想想看，如果我们去形容蓝天，只用“蓝色的天空”这几个字，是不是太乏味了？要是用几百种不同的词汇去形容同一片蓝天，会是什么效果呢？这些词语之间的些许差异是很微妙的，当你用这几百个不同的字眼去形容同一片蓝天时，就能在实实在在的蓝色天空上制造出五彩缤纷、千变万化的复杂景象。

关于这部书，很多人都关注它的文字技巧，我觉得这是朱天文在人到中年之后对自己身份和角色的探问。小说叙事者回忆自己少年时见过蒋介石，蒋站在阳台上向大家挥手，底下是一片欢呼声，他挥摇白色手套臂膀向子民答礼。“那时我从未意识到也会生老病死的他已八十几岁，那曾经透过广播知悉的重浊口音，一旦亲临谛听，比较尖细，比较微弱，马上被四起八应的口号澎湃淹没。我听见了他的肉声，他原来也只是个人。”

作者说那是个幸福的年代，因为“只有相信，不知怀疑。没有身份认同的问题，上帝坐在天庭里，人间都和平了。那样秩序的、数理的、巴哈的人间，李维·史陀终其一生追寻的黄金结构，我心向往之，以为它也许只存在于人类集体的梦中”。

李维·史陀是伟大的人类学家、结构主义之父，他在不同的人类族群中挖掘出一套共同的结构法则，这个结构在小说中被再三提起，而几位“同志”则是这个结构的叛逃者。我们常常看到有些男“同志”，他们在生活中追逐声色犬马，华丽到颓废，就像快要腐烂的水果和鲜花。

文中的叙事者与一位老男人上床后，他说："我所以记住高瘦子，因为他纵欲过度早早衰丑的躯干，他那仿佛被瘟疫犁过的满面疤坑，他毫无、毫无机会。只除了，漫芜的泊浮中或许捞到一个身心俱碎的醉娃娃，捡回家，脱光，悼赏之，呵，多么鲜泽的身体遭受着炼狱之苦！不要多久，这个身体就会磨砺出厚厚趼皮，结成难以攻坚的保护壳了。不再付出感情，免得受到创伤。"

作者说，这些男"同志"就像舞者一样，会经历两次死亡：第一次是身体已经无法完成他心目中的动作，承载不起他的想象；第二次才是普通人的死，他们要比一般人多死一回。这些逐色之徒，到了年老色衰的时候其实已经开始死亡了。

《荒人手记》把男同性恋群体当成一个隐喻，这是一群不可能有后代的人，也就是荒人。小说中谈到了他们的恋爱，说有一对同性恋情侣，还大胆地跑到罗马的圣彼得大教堂，为自己举行了一个私底下的婚礼。这算不算离经叛道的行为呢？作者说，与其说它离经叛道，倒不如说，这些人用独特的方式唤醒了已经陈腐的教堂以及仪式。

神都会毁坏，何况契约。弥撒的进行中亦难掩一股倦怠气息，仪式也成了制度和习惯，神也差不多快死了。现在就让那些背教者的甜蜜好心情投射在昏暮沉沉的弥撒上，给它换上瑰丽色彩，如同一切一切的仪式之初吧。

李维·史陀曾经说，在巴西中部的一些村子里，所有没有后代的人都不可能被奉为祖先，那些单身汉和孤儿，或者被当成残疾人，或者被视为巫。什么是巫呢？巫象征着神灵的召唤，他好像与一种邪恶而强大的力量订下了契约，不但会医病、预知未来，这种力量也守护和监视着他，借他的身体显形，让他全身痉挛，不省人事，让他与灵结合在一起，不知道谁是主、谁是仆。

小说的叙事者作为这样一个社会结构以外的荒人，又给社会结构内部带来了种种灵动的生气。他预见自己爱过的男人们终将一个个死去，时间和生命是不可逆的，但是书写不同。书写可以一直继续下去，而在这个过程中一切不可逆者皆可逆。因而作者说，所谓写作，也像荒人一样，在结构世界的秩序中找到差异之处并超越它。借用文字，我们就可以使时间或生命结构彻底逆转。

（主讲　梁文道）

好色的哈姆莱特

《笑谈大先生》

鲁迅是这民族的大异端

陈丹青，画家，业余写作。1953年生于上海，“文革”中自习绘画，1978年考入中央美术学院油画系研究生班，1982年赴纽约定居。2000年回国，现居北京。著有《纽约琐记》《多余的素材》《退步集》等。

异端的特质不是唱反调，不是出偏锋，不是走极端，要我说，异端的特质是不苟同，是大慈悲。

陈丹青发表过一些对鲁迅的看法，比如说他样子如何好，等等。这次把品读鲁迅的文章集结成书，有了这本《笑谈大先生》。也许因为作者不是研究文学的人，所以看出了一些专业学者不太会留意的东西。比如，我们过去常常把鲁迅形容为某种斗士、战士，这类形象已经搞得很多年轻人不愿再去读鲁迅了。陈丹青强调，鲁迅在当时的民国文人里其实并不算勇敢壮烈，就拿当年体制内的一些人物，如国民党倚重的傅斯年来说，“傅斯年单独扳倒了民国年间两任行政院院长，他跟蒋介石同桌吃饭，总裁打招呼，他也不相让，居然以自己的脑袋来要挟，总裁也拿他无可奈何——这种事，鲁迅先生一件没干过，也不会去干，我们从来就没听说过鲁迅和哪位民国高干吃过饭”。

陈丹青认为鲁迅是一个很好玩的人，“唐弢[1]五六十年代看见世面上把鲁迅弄成那副凶相、苦相，私下里对他外甥说，哎呀，鲁迅不是那个样子的。他说，譬如鲁迅跑来看唐弢，兴致好时，一进门就轻快地在地板上打旋子，一路转到桌子前，一屁股坐在桌面上，手里端支烟，嬉笑言谈”。

“唐弢还说，那时的打笔仗，不是像我们想象的那样一本正经火气大，不过是一群文人你也讲讲，我也讲讲，夜里写了骂某人的文章，老先生隔天和那被骂的朋友酒席上互相说起，照样谈笑。”

这就是民国。当然有些文人交恶，从此不相往来，但大部分人虽然政治立场不同，看法意见相左，笔仗打得很凶，但他们又有某种跨越立场、派别、政治阵营的文人情谊在，文学的独立王国似乎是存在的。陈丹青说，我们这一代人要认识鲁迅其实相当困难，因为跟那个时代隔得太远。其实说远也不远，只有短短几十年，真正隔开我们的是现在这个社会以及这些年所经历的事。

“鲁迅青少年时期，中国有大清政府，有康梁乱党，有孙中山革命集团，有无数民间集社，有列国的殖民地”，“鲁迅在北京厦门广州上海时期，学界有前清遗老，有各省宿儒，有留日派、留英派、留美派、留德派等”，“鲁迅的同学、战友、论敌，有的是国民党要人，如蔡元培和陈仪；有的是共产党要人，像陈独秀与瞿秋白；有的既是国

[1] 唐弢（1913—1992），原名端毅，浙江镇海人，作家，鲁迅研究者。年轻时在上海当邮政工人，业余写作，结识鲁迅。参加过1938年版《鲁迅全集》的编辑工作。

民党员又是共产党员，如郭沫若与田汉；有的既是学者教授又是党国重臣，如胡适之……”

陈丹青说：“鲁迅与他同代人的政治与文化版图，鲁迅与他敌友置身其间的言行空间，以我们这几代人同出于一个模子的生存体验，绝对不可能想象，不可能亲历，不可能分享鲁迅那代人具体而微的日常经验——当然，我们几代人共享齐天洪福，免于三座大山的压迫，免于乱世之苦，其代价，是我们对相对纷杂的社会形态，相对异样的生存选择，相对自主的成长经历，迹近生理上的无知。”

我记得自己二十多年前开始读鲁迅的时候，发现他有一种很特别的气质，跟过去人家说的那种印象完全不一样，不是什么火辣尖刻的讽刺，不是什么刚猛暴烈的热情，也不是什么心胸狭隘、疾恶如仇，是什么呢？是一种非常深沉的悲观，悲观到几近虚无黑暗的地步。

这种悲观是怎么回事呢？陈丹青在《鲁迅与死亡》里列出了 15

个鲁迅身边人的死亡名单：范爱农，30多岁死于溺水；陈师曾，47岁死于急病；刘和珍，20岁出头死于镇压；萧红，30岁出头死于肺痨；柔石，不到30岁死于死刑；瞿秋白，36岁死于死刑；郁达夫，不到50岁死于谋杀……

他列这一堆干吗呢？他发现鲁迅一生写过很多跟死亡有关的东西，鲁迅一生经历了那么多身边人不得好死的结局。他说，要了解鲁迅对死亡的看法，首先要了解他是个异端，异端“不是唱反调，不是出偏锋，不是走极端，要我说，异端的特质是不苟同，是大慈悲——鲁迅的不苟同，是不管旧朝新政、左右中间，他都有不同的说法和立场，而教科书单拣他‘左倾’的言论；鲁迅的大慈悲，说白了，就是看不得人杀人，而教科书单说他死难的朋友都是大烈士。鲁迅对历届政权从希冀、失望到绝望，从欢心、参与而背弃，就因他异端。而鲁迅的大诚恳，是他能超越不苟同与大慈悲，时常成为他自己的异端”。

“他所见证的死者一旦到了政权更替，个个成为烈士，但他洞见的死神并不区分不同时期、不同政权、不同原因的屠杀。我们若是细读鲁迅谈及的死亡——从秋瑾、邹容到徐锡麟，从刘和珍、柔石到瞿秋白——他每予‘烈士’二字以痛彻的怨责、热讽，以至无词。他痛惜人命无价，看破赴死不值；他从不书写就义的光荣，而竭力渲染漆黑的死亡。”

而书写死亡，陈丹青居然认为是鲁迅的灵感与快感，“从五四作家群中，我们很难找出哪一位像鲁迅那样，一再一再为死亡的意象所吸引。鲁迅自己知道吗？那是他的美学。我酷爱鲁迅的美学，可是这直书死亡的美学教会我：美学不是现实……”

陈丹青写到鲁迅的死，“因为病，也因为难以企及的任性。他长期沉迷于毁损健康的作息，拒绝休息，不肯疗养……我看他晚期的迹象种种简直索性是将自己弄到死：没有恐惧，没有遗憾，他显然愿意死于成熟透顶的绝望，死于大胆的自弃……”

（主讲　梁文道）

《安持人物琐忆》

民国文人的大八卦

陈巨来(1904—1984)，原名斝，字巨来，别署安持老人，浙江平湖人。篆刻家，书画家，治印造诣尤深。自言生平刻印不下五万方，张大千、溥心畬、吴湖帆等用印均出其手。著有《安持精舍印存》等。

一流的艺术家见面老谈艺术，这才奇怪。一般高谈艺术、妄自称诩的人都在尚未入流的阶段。

《安持人物琐忆》的作者陈巨来是有名的篆刻家，这本书却写的是民国文人的八卦奇谈，真没想到。这些八卦，其实坦白讲，也很值得怀疑，因为陈先生的记性并不太好，有些东西很明显是记错了。大家就当好玩，姑妄听之吧。

比如讲到皇族画家溥心畬不太会做人，很直率，大概有点那种贵族公子哥儿的脾气。有一回，一个姓吴的送上一本古人印拓给溥心畬。他略一翻阅，随手就交给在场的陈巨来，说送你吧。我们的作者就很尴尬，人家刚送了自己的作品给你，你怎么当着人家面翻一翻就随手送给另一个人呢。陈巨来说，吴先生拓得很精致，我不能要。溥心畬居然怎样？哦，你不要，好，随手往纸篓里一扔就是了。

溥心畬我看他的书画，觉得真有一股贵族气，面相又斯文干净，非常好，但没想到这本书里说他“食量之大，至足为人所惊”，吃螃蟹三十个还不饱；吃完油条以后不洗手，马上画画，往往油渍满纸。于是我们的作者每次求画求书之前，都以洗脸盆、肥皂、手巾奉之，求他先洗手。他还每次都下座拱手以谢，以为是对他恭敬，其实是作者嫌他手脏。

书里提到吴昌硕也爱吃，晚年时如有人请吃酒席，每请必到，到了必大吃不已，回家时一定胃痛。后来有人给他集了副对联："老子不为陈列品，聋丞敢忘太平年。"因为他耳朵聋了。

吴昌硕在七十岁前，娶过一个妾氏，不到两年这个小妾就跟别人跑了。可怜我们一代名家昌硕老人念念不已，自我解嘲说："吾情深，她已忘。"我对她情深，她已经忘了。有人拿了吴昌硕的假画请他鉴定，吴昌硕明知是假，却不忍揭穿，觉得揭穿了好像是坏人家饭碗，不好，反正满街都是我的仿作了，多一个少一个又有什么关系呢。

陈巨来也谈到一些名家的怪脾气，比如吴湖帆从来不跟人谈画论艺。他说："我们二人，陌生朋友绝对看不出是画家是印人，这是对的。"为什么呢？你见到梅兰芳，听见他谈什么西皮二黄、如何唱法吗？一流的艺术家见面老谈艺术，这才奇怪。一般高谈艺术、妄自称诩的人都在尚未入流的阶段。

书里还讲到张大千年轻时专门伪造八大、石涛、渐江等人的画，以售巨价，且很擅长跟那些卖画的估人打交道。有人拿画来问他，这是不是你跟溥心畬合作的。张大千一看，说这是溥先生手笔，我一笔都没画过。那时候，溥心畬的画价远逊于张大千。估人后悔，说不该收进去。张大千看他简直要哭了，马上拿笔在画上加了很多东西，后面还写着“丁亥某年大千又笔”。估人称谢不已，大喜而去。可见张大千多么会做人。

陈巨来当时有个女同学，是名门之后，夫家也是旺族，想跟张大千学画，让陈巨来介绍，结果张大千听了“不拒亦不允也”。仔细一问，他说，寡人有疾，寡人好色，你看我新娶的这个太太原来就是我的女学生。我每次收女学生，她们要给我披外套，给我扣纽扣，我就忍不住要抱着她亲一亲。你给我介绍的这个女学生，据说是个美女，家里是名门，丈夫也有势力，万一我又忍不住，不是让你老兄尴尬吗?

这本书为什么这么多人爱看，就因为里面充满类似这种粉红色乃至于黄色的民国文人八卦。比如陆小曼跟徐志摩，他俩的逸事大家过去听得多了，觉得非常浪漫。两个人都抛弃了元配在一起，陆小曼的前夫，那个西点军校毕业的军官居然还愿意在他俩的婚礼上当男傧相。

后来徐志摩被说成是为了应付陆小曼奢华的生活开支，往返北京、上海教书，不幸飞机失事死了，很可惜，很慨叹，好像陆小曼是个狐狸精。但这本书里说，陆小曼身体有问题，找了个“推拿圣手”翁端午给她治病。徐志摩到北平教书的时候，甚至还把陆小曼交托给他心目中的好朋友翁端午好好照顾。翁不负所托，跟陆小曼好了起来，堂而皇之地做了“如丈夫”。

他离婚后，马上想起了自己喜欢的那个美国女同学，写信给她，微露求婚之意。不久女同学回电，说我独处国外生活苦闷，希望你能写一份电报，对我多多安慰，使我略得温暖。徐志摩非常振奋，马上写了一份情意缠绵的长电，以为可以得到美人青睐。结果没想到，他们总共有五个同学都一起接到了这位美女的电报，五个同学也都一起写了情意绵绵的长信去追求。徐志摩觉得自己被耍了，和同学共去一电大骂与之绝交，从此始一意追求陆小曼。

第二年，女同学回国。徐志摩特地带了陆小曼去见她，陆小曼后来告诉陈巨来：“其貌之美而大方，堪称第一云云。”女同学住在北京西山，当时追求她的人太多了。有一天她又突发奇想，告诉追求者，你们都这么爱我，我要考考你们，现在我想吃东安市场某大水果铺中的烟台苹果，你们不准坐汽车去买，每个人各自想办法走去买。哪个第一个买到送到，就算真心爱我。

许多呆子一声得令，纷纷往山下而去，内中一人就是梁思成。他借了一辆自行车飞奔而去，第一个买得，又拼命飞奔回西山。不料一不小心给汽车撞倒，忍痛第一个完成使命。女同学深感其诚，就与他结婚了。这人是谁呢？当然就是林徽因。

不仅如此，林徽因跟胡适也是好友，结婚后常常说起想念徐志摩的意思。胡适就告诉徐志摩，你也来北京跟我们聊聊吧。当时梁思成在北大当教授，就请徐志摩住在他家里，好安慰自己老婆。从此，徐志摩就北京、上海来来回回往返。陆小曼说，徐志摩是为林徽因而死，也是这个缘故。

（主讲　梁文道）

《甘雨胡同六号》

民国版宅男笔记

杜南星（1910—1996），北京人，毕业于北京大学西方语言文学系。散文家、诗人。著有诗集《石像辞》，散文集《松堂集》等。

他的文字非常轻，可构句方法又极绵密，营造出的文章都有一种如梦似幻的感觉。

我读书太少，以至于很多厉害的前辈作家，我居然连听都没听过。比如这本《甘雨胡同六号》的作者杜南星。他 1910 年出生，1996 年去世，曾跟台湾诗人纪弦[1]合编过《文艺世纪》，这说明他参与了早期的现代诗运动。而他当年是以散文著称的，虽然他自己说“在散文方面我并无成绩可言，不过算是有些兴趣而已”，但是照陈子善的讲法，杜南星的散文放在二十世纪的中国散文史上，也算是独树一帜：“我喜欢他的散文，他的文字清新婉约，流利可诵，尤擅长在千字上下的短小篇幅中营造出忧郁的氛围，深长的意境，引人遐思。”

这本集子是民国时代的出版物，现在被重新发掘出来，让我们看到原来民国时代有人是这样写散文的。里头大部分篇幅都是作者住在

[1] 纪弦（1913— ），原名路逾，笔名路易士、青空律。与覃子豪、钟鼎文并称台湾现代“诗坛三老”。著有《易士诗集》《行过之生命》等。

旅店或家里，看看房间的门窗，听听隔壁的声音，探探外面的风景，文章就这么从笔下流出来了。

照现在的讲法，这么老宅在家里不出去，闷头写东西的人，应该叫做“宅男”，所以这是一本民国版的宅男笔记。其中一篇《宿舍的主客》写道：“深夜两点钟不能回到自己寄寓的地方去了，两个朋友在这宿舍里有房间，我们就谈起话来，忘记了时刻。我们都愉快，尤其是我。我没有告诉他们，我有了回到远别离的故乡的感觉，因为这宿舍正是九年前，我住过一年之久的。”

这种感觉也许很多人会有。有时候我回到母校，看到自己当年住的宿舍里来了一群更年轻的学生，会有一种奇怪的感觉，就像作者写的：“房间的墙壁和门窗完全和从前一样，没有丝毫风尘的颜色，我对它们那样熟悉、亲近，似乎只有几天的分别。我觉得我变了主人，朋友变了客人，但真的如此吗？”“我来时遇到一个老人，他淡漠地对我点头，他认识我，因为他是九年前这宿舍的守门人之一。我想紧捉住他的手问他无数的话，但他冷冷的神情让我踌躇了。是时间使我们疏远了，还是我改变得太多了呢？他没有改变，和这宿舍一样。”

文集的同名文章《甘雨胡同[1]六号》开头写道：“人终有一天要迁居的，无论在一个地方住得多么长久，自然有些人有他们自己的房屋、庭院，他们自己的墙壁和上面的花纹，自己门环和敲门时的声

[1] 甘雨胡同，现在仍存于北京，位于王府饭店北侧，东起东四南大街，西止王府井大街，南邻西堂子胡同，北靠柏树胡同，全长539米，宽10米。

音，自己的年年开花的夹竹桃和刺梅，还有把窗格遮蔽得一天比一天严密的常春藤，甚至自己用永远不变的年轻声调教着的猫。”

“人在迁居之后，回想故宅中的景象和缠在里面的悲哀和欢乐是一件傻事，因为那是不可改变，而且是无法挽回的。”之后他笔调一转，“我在这将来的故居里描画着我的新宅，倒是一件无所顾忌的自娱。”暗示大家他现在住的房子也许是一座新宅，但他却假想自己搬到另一座房子里，然后再回想起这间故居来，仿佛是一个思想上的小实验。

“那个许多许多年前我的小院子，现在仍然平安地存留在城里，可惜不能去探视一回，因为房主人是世上最有威权的人们之中的一种，院里的变化也会让我感受的惆怅多于愉快，总之在昔日，在昔日我是那地方的年轻的主人，只是不如现在多思，想不到迁居的事。”

杜南星的奇妙之处在于，他的文字非常轻，可构句方法又极绵密，营造出的文章都有一种如梦似幻的感觉。他早上听到隔壁的语音传过来，就能开始想象隔壁的人说话姿态是什么样，声音传达的内容是什么。在如此一间斗室中，能够幻想出这么多东西来，宅男做到他这个地步也实在不容易。

（主讲　梁文道）

《好色的哈姆莱特》

一场很小白的游戏

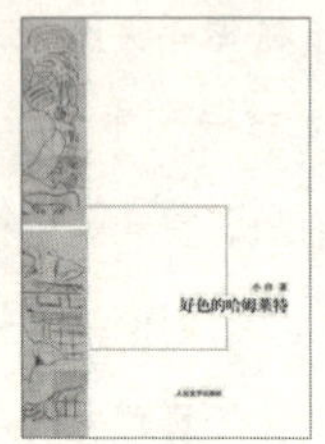

小白，上海人，作家，著有长篇小说《局点》等。

四大悲剧之首的《哈姆莱特》在当时观众看来充满了色情的黄段子。

我们通常会把关于性爱的文艺作品分为两种，一种是低级下流的“色情”，另一种则是听上去高雅一些的“情色”。两者之间本质并没有区别，只不过后者更好听一些。但是不管你怎么包装，它其实就是色情。这世界上有很多文艺作品是乐而不淫的，另一些则既乐又淫。《好色的哈姆莱特》就是一个既乐又淫的作者所写的一本既乐又淫的好书。

作者小白是上海人，我常常在一些杂志比如《万象》上看到他写的东西。他的很多文章专谈情色，而且谈得出神入化，可见他对西方情色文化很熟悉，西学功底也好。这本书还出了个台湾版，比大陆版本多了许多大胆直白的插图。

书中有一篇访谈，一位文化评论家问小白为什么要写这本书。小白的回答是“性的表达和描述比性本身更重要”。没错，这本书是在谈性，但它是从西方文化史的角度去谈，比如小说里如何描写性，电影中如何表现性，春宫画里怎么画性，等等。在这个过程中，小白很强调“装”，装是一种表演，也可以说是一种卖弄，而且你还要先假设读者具有基本的人文修养、智商中上、有幽默感、懂得语言游戏，然后才可以表演装腔作势并以此为乐。换句话说，这是一本写给高雅读者的既乐又淫的书。

在《好色的哈姆莱特》里，作者想象了一位具有良好戏剧文学修养、非常熟悉莎士比亚的严肃读者坐着时光机回到过去，观看莎翁剧本最早在剧院上演的情景。他很可能会看到这样的场面，哈姆莱特的妈妈也就是王后，跟儿子说：“过来，我的好孩子，坐到我边上来。”哈姆莱特说：“不，好妈妈，这儿有一个更迷人的东西呢。”观众席上哈哈大笑。我们的时空穿梭者有点糊涂了，他不知道那个扮演哈姆莱特的演员在念到“好妈妈”的时候，为什么要奇怪地喘息一下。

在另一个场景中，他又听到哈姆莱特说：“小姐，我可以躺在你腿上吗？”奥菲利亚回答说：“不，殿下。”哈姆莱特又说：“我是说，我能不能把头枕在你的腿上？”观众又捧腹大笑。然后奥菲利亚说：“哦，殿下。”哈姆莱特说：“你觉得我说的是那些乡村野外的事吗？”这句话用英文讲是“Do you think I meant country matters”。这到底是怎么回事呢？

原来据文史学家考证，莎士比亚的剧本里充满了大量与性有关的双关语。比如刚才扮演王子的演员，在听到母后叫他“好孩子”的时候，按照剧本他应该回答：“好，妈妈。”这个 good mother 用重音方式读的时候有反讽和性暗示的意味。因为在英国，一对情人在床上做爱时，也会互相称呼对方“好妈妈”、“好孩子”，表达一种亲密的赞赏。

照作者的描述，那些今天看上去很了不起的经典剧本，当初上演的时候简直就像闹剧一样。四大悲剧之首的《哈姆莱特》在当时观众看来充满了色情的黄段子，一个伦常悲剧在这种方式的演绎下完全变了味道。像刚才那段哈姆莱特跟奥菲利亚的对话，country 本来指野外、乡郊，但是他们在戏台上读成 count-ry，cunt 是女人的阴部。所以这句话的意思变成："你以为我在讲那些性事儿啊？”完全是句黄话嘛。这样大家好像已经分不清楚悲剧和闹剧了，演出来图个乐。

这本书中讲各种各样与性爱有关的事，连马车上的性爱场面有什么与众不同之处，小白都用他的生花妙笔一一写到了。

（主讲　梁文道）

《百家姓》

小人物也有春天

杨葵，1968年生于江苏淮阴，1989年毕业于北京师范大学中文系。长期从事文字编辑工作，业余写作。著有散文集《过得去》《在黑夜抽筋成长》等。

有时你会想，这人现在去哪里了？有时你在街上看见一个人，也许会想，那是不是他。

我们每天会遇到各式各样的人，也许是巴士的司机师傅，也许是面包房的店员。我们和他们说几句无关痛痒的话，或是点头之交，很少去深究他们背后的人生故事，甚至很难去关心一下我和他之间究竟有没有故事可言。

《百家姓》的作者杨葵是一位编辑，文章写得很好。这本书里记录了他四十多年人生中曾经遭遇过的一些人。这些人未必是很重要的人，未必是他熟悉的人，但是他有兴趣把他们记一记，把这种浅浅的相逢相知写成故事。

书中写到一个人叫小罗，小罗是琉璃厂一家文具店的售货员，十几年前他常去找小罗买东西。“他分管笔墨纸砚、画册、书籍三个柜台，我那会儿住虎坊桥离得近，又正跟一个老先生学写字，所以常从他那买东西。第二次从他手上买东西的时候，他一脸诚恳地笑着问，您真勤快，上回那卷毛边纸，这也就十来天吧，都写完了？我当时一愣，心想他怎么知道，过后感叹这小哥记性好，天天手下几百担买卖，对客人居然过目不忘。类似这样颇显老派的优良作风，小罗身上很多，用一句话概括，就是得了琉璃厂老店温文尔雅、尽心尽责好风气的真传。”

杨葵天天见小罗，也偶尔和他深谈。过年时节，店铺门口明明写着“欠售”，小罗居然也不回家。杨葵以为是小罗跟家里关系不好，一次终于忍不住，和小罗谈起来，才得知小罗的爹妈早不在世了。“小罗这样说时人是笑着，但我一时语塞，心里明白那笑全是为我——在小罗这样的年轻老派讲究人心底，对顾客只能有一种态度，就是伺候。”

“这样的小罗如果不是亲眼所见，我绝不相信他有朝一日会骂人，而且骂的就是顾客。”一次有个阔太太操着台湾国语腔跑进来，无论小罗拿什么纸出来，都碎嘴唠叨，尽情抒发不满，嗓门很大。后来甚至把一批纸往地下一摔，口中还说这东西是擦屁股纸，太烂了。

“全店的人连店员带顾客，清清楚楚听到了阔太太的吵嚷。老板赶紧过来，一脸堆笑询问出了什么事儿。此时的小罗略过老板，双眼严厉地盯着阔太太不放，腰却弯了下去，把地上的那卷纸拾起来，拍拍上面的土，一字一顿地对阔太太说：我在这店里阅人无数，纸是有灵性的，它会记住你这张脏嘴。小罗虽没上过几年学，可‘阅人无数’这样的文气话在他口中却时时迸出，颇有古风。”作者说，从那以后他就再也没见过小罗，也许他辞职回老家了。

作者又想起了他一个高中同学“东子”，这人相当怪，老不上学。学校到他家里问，家里也说不知道他上哪儿，可见习以为常。有一回，杨葵旷课在一家书店里翻书，东子就在他旁边，本来两个人互不搭话的。但是“东子突然跑到我旁边，拿了一本书哗哗地翻，越翻越不耐烦，突然用手指拉着书页，很生气地对我说：全错！全是错的！全是错的！书放回架子上，我瞥了一眼，是本《西游记》”。后来两人成了朋友，但交往也透着古灵精怪。

“中学毕业后，再没见过东子。有年冬天我在公车里缩手缩脚坐着，忽然看到街边马路上，一个穿着黑棉袄的汉子，举着把塑料的青龙偃月刀，呵呵傻笑地呼啸跑过，旁若无人。那个人，很像东子。”

那个人到底是不是东子不重要，重要的是你生命中总会遇到这样一些人，会给他留下深刻的印象。有时你会想，这人现在去哪里了？有时你在街上看见一个人，也许会想，那是不是他。

（主讲　梁文道）

《裙拉裤甩》

香港文化人的独特感受

裙拉裤甩
游静

游静，生于香港，自香港大学比较文学系毕业后，赴美国纽约攻读传媒。诗集《不可能的家》获 2002 年香港文学双年奖诗组推荐奖。著有《性政治》等。

这种距离感来自什么地方？

香港文化界有种奇特的冷淡和低调，使我们一开始不太容易接受内地的热情激昂或是台湾的温情脉脉。后来我反省了一下，也许这不是普遍现象，只是我个人的一种定见，或是我受了别人的影响。我想到年轻时读过的一本散文集《裙拉裤甩》。

“裙拉裤甩”是广东话，意思是急急忙忙、气急败坏、东西零零碎碎的感觉。这本集子上世纪九十年代出版，后来绝版了。2011 年，台湾居然又把它再版了一次。作者游静其实比我大不了几岁，但是成名太早，我年轻时就读她的文章，觉得很能描述那一代香港文化人身上的独特感觉，跟大陆和台湾都不一样。

游静的文字里有种非常犹豫的、对什么事情都保持距离的感觉。这种距离感来自什么地方？有时候在中文与英文之间，有时候在广东话的口语与白话文的书写之间，有时候在台湾与大陆之间，有时候是在两性之间。种种的不适应、不在其位、格格不入的疏离感，使她的文章流露出一种冷静气质。

让人意外的是，这本集子里还出现了一些诗。其中一首诗应该是作者写给一位外国女子的："因为你不懂方块字 / 我无法跟你说这些 / 有一种时间 / 十五的月亮永远是满的 / 初一是弯而且重新开始 / 但 / 是的 / 我来自的地方亦不讲这些。"

书中对于台湾和大陆艺术家，也有一些非常犀利的批判。比如她批评郑愁予[1]，批评杨牧[2]，她说这些诗人的现代只是语言上的风格，缺少对集体意识的检讨和反思。她嘲讽有些艺术家仍然坚持一种物化女性的立场，把女人女奴化，贯彻在一些看起来很现代的语言中，"男性是神，吸着女奴们，一步一个吻地走出来，神的女奴是有名字的，娶一个忘一个，有时会呼错"。

她提到当年震撼北京的一次美展，说若把这些作品还原到艺术创作的讨论上，而不是靠它们在政治活动上的象征意义来给分，它们的存在价值立即缩水；这些作者在反政治的姿态上显得盲目、空洞和失去重心。

多么狠毒的批评！在一些社会问题上她也有见解，比如说到学生，她说："他们令我想到很多，比如说个人过分容易被煽动的感情。我的意思是，我坐在这里看电视，就流了眼泪，这种事情经常发

---

[1] 郑愁予，原名郑文韬，1933年生于济南，台湾中兴大学毕业，现代诗人。作品多次被选入香港和台湾的高中国文课本。

[2] 杨牧，1940年生，本名王靖献，台湾花莲人，诗人，擅长叙事诗的写作，文辞雅丽，意象纷奇，散文亦为人称颂。

生……我如此爱恋生命，但感性的汹涌又削夺人理性的认知。因为我流眼泪，我无法认真地思考事情，思考我对事情各种各样的怀疑和可信，我怀疑这也是生为中国人的悲哀。”

（主讲　梁文道）

《走到人生边上》

杨绛谈命运与鬼魂

杨绛（1911— ），原名杨季康，江苏无锡人，中国社会科学院外国文学研究员。钱锺书夫人。著有散文《干校六记》《我们仨》等，译作有《堂吉诃德》《小癞子》等。

如果人真的有命运，那么算不算都是一样的，不算也罢。

杨绛先生2004年生病入院的时候，躺在病床上想了很多问题，出院后就开始写这本书——《走到人生边上》。这本书有四万多字。杨先生出院后身体不大好，吃了药，人昏昏沉沉的，有时候写出来的字是一团一团的，她怕人家认不出，坚持扔掉重写。

此前，杨先生的《干校六记》和《我们仨》都是很平实的文字，里面有很多关于她家庭生活的片段。而《走到人生边上》是关于人生的另一种思考。

对一位百岁老人来说，这世上还有什么事情没有经历过？还有什么问题想不透呢？应该不多了。生命到了最后，要面对的无非是那几大问题：生与死、灵与肉、命与运、鬼与神……古往今来，这些问题无数人想过，得到的答案也不一样。

关于鬼神问题，杨先生写下了一些有趣的思考。她并没有持简单的否定或肯定的态度，而是一种半信半疑的不可知论。她回忆年轻时在清华教书，有一次过一座桥，总是过不去，有“鬼打墙”的感觉。后来她才知道，日本人曾经在那儿杀过很多抗日志士。

我自己也在清华大学住过几年，有时候骑自行车穿过一些荒凉的地方，也有过类似体验。不过我对此也保留一种半信半疑的态度，因为没有确凿的证据。如果真有鬼魂和神灵，也得看到了才能相信吧。

杨先生幽默地说，如果人真的有灵魂，那么到了另一个世界后，她的父母应该完全认不出她了，因为他们只认得她小孩子时候的形象。而她如果以小孩子的形象出现，丈夫钱锺书、女儿钱瑗又认不出她了，这是很矛盾的。

关于人的命运，杨先生说，很多人喜欢去算命，有算得准的，也有算不准的。如果人真的有命运，那么算不算都是一样的，不算也罢。我觉得这种态度可以给很多年轻朋友参考，命算来算去，信这个信那个，最后会把自己搞迷糊。

杨先生在这本书里也讲了一些往事，比如从前家里的一个女佣，她把她写得非常鲜活。在她走到人生边上的时候，回忆人生，想到的却是过去生活中的一些小人物。

（主讲　曹景行）

Freedom from Fear

昂山素季的勇气

昂山素季（Aung San Suu Kyi，1945— ）缅甸提倡非暴力的民主政治家，诺贝尔和平奖得主。曾就读于英国牛津大学，1990年带领缅甸全国民主联盟赢得大选的胜利，但选举结果被军政府作废，此后被长时间软禁。2010年年底获释。

任何革命都必须是一场心灵的革命。

当你在一场群众运动中面对浩浩荡荡的人群，也许很容易激动起来。如果你还是一位革命领袖，或许还要挥舞着愤怒的拳头，用激昂的语调去召唤群众的热情。我们在很多电影或新闻上都见过这样的人物，他们高高在上，充满了魅力，并且自信。

但是在同样的情形下，如果你能保持一种柔和、谦虚的态度，甚至面带微笑、柔声细语，那你就不仅是一位群众领袖，而且是精神领袖了。昂山素季就是如此，她一直是我心目中最美丽的女人，那种美不是外表上的，而是一种内在的气质，是精神领袖才有的那种坚定、谦虚及温和。这些只有当你亲眼目睹时，才知道她的力量。

每当我在一些新闻画面上看到昂山素季，总是非常感动。有一次，她站在一个围栏里面，外头站满了防守她的军警，他们举着枪，样子冷漠。昂山素季站在他们后面，向群众挥手说话，保持着她一贯的温婉态度，向群众甚至是看守她的军警合十敬礼。

缅甸是个佛教国家，人们在礼佛的时候合十顶礼，与其说是尊敬佛陀，倒不如说是为了照见我们自己，让我们忆起其实自己也有佛性，人人心里都有一尊佛。昂山素季对那些看管她的军警合十为礼，就表示她在他们身上也看到了和平的佛性。

Freedom from Fear 的意思是“免除恐惧的自由”，但意外的是，前面那几篇长文谈的都是缅甸和印度在英殖民时期的文化生活，很有学术见地。这让我们想起，如果昂山素季没有回到缅甸投身政治，她在英国本来可以是一名研究缅甸文化的学者。很可惜，这个愿望恐怕没有机会实现了。

在与书名同题的《免除恐惧的自由》一文里，昂山素季主要谈的是缅甸人对腐败的看法，这个腐败不仅是贪污，准确翻译过来应该是“腐坏”。在缅甸文里，它包含四种意思：第一种是贪污，就是在欲望的诱使下离开了正确的道路；第二种是褊狭，即由于个人的狭隘观念而偏离了正确的道路；第三种则纯粹是因为无知，根本就不知道什么是正确的道路；这里主要谈的是第四种，就是由于恐惧而逐渐摧毁了所有关于是非的观念。

恐惧是什么呢？作者以她自己的亲身亲历说，很多国民都害怕如果说了某些话或做了某些事，会不会因此失去工作、财产、家庭、自由，甚至一切呢？这种恐惧感导致你没有办法再坚持某种正确的观念。当恐惧渐渐渗透你的身心，甚至会让你觉得那些本来正确的东西根本一文不值，最后完全颠倒了是非判断，恐惧败坏了你的心灵。

如何才能免除这种恐惧呢？昂山素季说，任何革命都必须是一场心灵的革命，这种革命首先培养出的是一种勇气，很多人以为勇气是种天赋，其实它也是通过后来的努力培养出来的。我们应该培养一种习惯，就是在作任何决定时都不要被恐惧左右；否则，你就只能腐坏掉了。

（主讲　梁文道）

用物理学找到
美丽新世界

《2050 人类大迁徙》

巨大而缓慢的地球转变

罗伦思·史密斯（Laurence C. Smith），美国加州大学洛杉矶分校地理学教授，古根汉学术奖得主，曾赴美国国会报告北半球气候变化可能造成的冲击。他的研究也出现在“联合国政府间气候变化专门委员会第四次评估报告”上。

如果你观察自家后院的虫、鱼、鸟、兽，或许你会注意到，这个世界上的动植物已经渐渐往纬度和海拔较高的地方迁徙了。

当我们谈到人类的灭绝或者面临大灾难时，不一定要想象那是小行星撞击地球之后所有物种一起死掉的景象；有时候也可能是一种非常缓慢的过程，比如气候的变迁、人口大爆炸、科技的奇迹般发展——人工智能超出了人类智慧，然后把人类干掉，等等。

《2050 人类大迁徙》的作者罗伦思 · 史密斯是美国加州大学洛杉矶分校的地理学教授，他从四个因素预测了 2050 年后地球的模样。这四大因素分别是人口变化、自然资源的变化、全球化以及气候变迁。

首先是人口分布及变化趋势，这是影响一个国家经济发展最重要的因素。书中提到一个在岛屿上发展起来的城市，过去是英国殖民地，后来独立了。你以为是新加坡？不是，是尼日利亚的拉各斯。拉各斯一直不能克服人口急剧增长带来的交通拥挤、贫困脏乱、政府贪腐、自然败坏、疾病肆虐等城市化问题，现在已有1060万人口，成为全世界最大的贫民窟。

像这样的大城市很可能会在许多发展中国家出现。书中提到，到2050年，全世界人口将比现在增长40%，达到100亿。食物的需求量是现在的两倍，人类社会将从贫穷的农业社会转为较富裕的都市社会，世界的财富与权力逐渐由西方转移到东方。而我们目前就处在这个巨大的转变中。

一些人口大国也许难以适应这种转变，并且还衍生出一个新问题：如果到了2050年，墨西哥、中国和伊朗的人口老化到了养老院人满为患的地步，谁来照顾老年人？除非机器人时代全面来临，否则我们还是需要年轻人服务。

基于目前的人口结构，2050年，年轻人口最多的国家就是今天出生率最高的国家，也就是全世界现代化最慢的地区：索马里、阿富汗、也门、约旦河西岸、加沙和撒哈拉沙漠以南地区。这些落后地区的年轻人将何去何从？他们会到那些急需年轻人服务的国家吗？世界会不会出现移民潮？

作者说，如果你观察自家后院的虫、鱼、鸟、兽，或许你会注意到，这个世界上的动植物已经渐渐往纬度和海拔较高的地方迁徙了。生物学家发现，从加州的墨蚕到西班牙的蝴蝶乃至新西兰的树，都有这种现象。据统计，截至2003年，全球所有动植物的分布区每十年就往南北两极移动六公里，或者往高处爬升了六米。

此外，从生物气候学的循环来看，生物的周期性律动时间——如植物抽芽、开花，鸟类迁徙、生育，在过去的三十年里，每十年就提早四天。这些数据意味着什么？意味着人类也该往北迁移，某些北部地区的农作物产量会增加，例如北欧南部和俄罗斯部分地区，过去是冰天雪地，现在能够农耕了。

人口越来越多还意味着我们需要更多的水。当我们最重要的淡水资源——冰川也在不断融解时，地球到了2050年，不要说喂饱人类，怎样有水去灌溉农田都成了一个问题。2007年到2009年，加拿大政府资助了一项北极探险计划，探险人员发现他们的船在夏天就能轻易通过北极的西北航道。这个消息震惊了世界，过去人类一直想要开通的航道，竟然随着北极冰盖的融化自己出现了。

冰川的融解会使靠近北极圈的国家拥有更多的淡水资源，假如未来我们要向北欧国家包括俄罗斯买水，世界也许会是另一番景象。另外，北极蕴藏的大量自然能源也会被发掘出来。1991年，加拿大西北领地发现了丰富的钻石矿藏，使它一夜间从没有钻石的国家变成世界上第三大钻石产地。

北极海域的天然气含量也非常惊人，尽管现在我们还不知道怎样取出这些资源。北极区域的好几个国家，包括过去大家觉得非常爱好和平的加拿大，都开始武装自己的国家，发展北极防卫计划。有人很悲观地预言，未来的北极圈就是下一个中东战场，俄罗斯、加拿大、冰岛、芬兰、挪威这些国家统统要插手，当然还有拥有阿拉斯加的美国。

可是这本书的作者认为未来大致上是和平的，因为这几个国家已经展开了密切合作。到2050年全球贸易是否将频繁地流通于北极海，出现像苏伊士或者巴拿马运河那样的荣景呢？答案是不可能，因为北极的海面终究是要结冰的，夏天融冰时期，有一些船可以在北极海捕鱼或开采天然气，然后再把这些资源运往更广阔的市场。事实上，韩国现在已经发明了一种在极地航行的天然气装运船。

到2050年，除了冬季寒冷这个缺点外，加拿大、冰岛和挪威这些环北极海国家的城市可能会跻身全世界最怡人都市。我们现在看“金砖四国”[1]，到2050年，是不是要看“北极海八国”了呢？

（主讲　梁文道）

[1] “金砖四国”（BRIC）引用了巴西、俄罗斯、印度和中国四个新兴市场国家的英文首字母，该词与英文中的砖（Brick）类似，因此被称为“金砖四国”。

《地球的终结》

小行星撞击事件

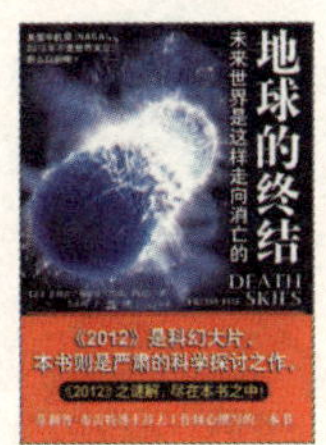

菲利普·布雷特（Philip Plait），物理学家、天文学家。毕业于弗吉尼亚大学，获得天文学博士学位。曾在加州索诺马州立大学物理和天文学系教书，2007年辞去工作，专心写作。

为什么我们能够确认这种事会发生？理由很简单，一百多年前就发生过一次。

说到世界末日，过去几年我们看了不少好莱坞大片，预言小行星或者巨大的陨石撞向地球，导致地球毁灭，人类绝种。这些电影到底可不可信？这样的事情会不会发生？

《地球的终结》的作者是美国天文学者菲利普·布雷特，他曾在大学教物理和天文学，后来辞去教职，开了一个名叫“糟糕天文学(BadAstronomy.com)”的网站。这个科普网站在美国非常受欢迎，虽然有一些争论被网友提出来，但一般认为这个网站中谈论的内容大致是符合科学的。

这本书罗列出可能导致地球终结的各种天文问题，如小行星撞击、太阳的冷却或过度爆热、超级行星诞生、伽马射线爆发、黑洞、外星人袭击乃至宇宙自然的老化等，逐一进行讨论。而大家在电影或小说里看得最多的是小行星撞击地球。为什么我们能够确认这种事会发生？理由很简单，一百多年前就发生过一次。那是 1908 年 6 月 30 日，地球和一块非常小的流星体在同一时间出现在同一地点。这个流星体大概有七十码宽，由于它的轨道和地球相交，经过一段时间，两个物体不可避免地出现在交会点上。那一天撞击释放出的能量是广岛原子弹威力的数百倍。

这个爆炸坑就在西伯利亚，现在是个著名景点，不过没什么人真的去看过，因为那个地方太难去了，当时一支科考队花了几年时间才到达现场。现场非常可怕，爆炸点中心的树木以辐射状往四周散开倒地，枝叶全部枯掉。有趣的是，坑的最中央有一棵树仍然直直地竖在那儿。因为爆炸是在它上空发生的，压力直接往下然后向周边散开，所以爆炸点中心的树反而会屹立不倒。

如果这种小行星当年撞击了一个大城市，后果不堪设想。我们今天所知的地球承受过的最可怕的撞击发生在 6500 万年前，位于墨西哥的尤卡坦半岛，加勒比海附近，看起来是一个相当完整的大坑一样的海湾。大家确信，那就是小行星留下的痕迹。

这个撞击导致恐龙灭绝。作者在书中描述了这场悲剧："一个小行星，以每秒 10 英里的速度穿过大气层砸向地球。当小行星的一端碰到地球表面的时候，撞击产生的能量很难确实知晓，但绝对有数百亿吨炸药爆炸的威力。然后在那一天地球上所有生物的命运都被改写了。跟随地震之后首先是空气振荡，这个巨大的声波导致 1000 英里内所有幸存的生物，在这个雷鸣到达时全部耳聋。临近墨西哥湾其他地方也不会坚持太久。当小行星撞进海面，它就占据了海洋的绝大部分，在冲击波和热量引起的海水蒸发共同作用下，一个由数十亿吨海水形成的大浪，咆哮着席卷世界各地。然后这个撞击又把地壳砸穿了一个洞，洞里面有一些熔化的岩石以每秒数英里的速度弹到太空里，然后再像洲际导弹一样冲了回来，这样反复地撞击了数十亿次，直到整个地球焚烧成一个大火球为止。”

这样的事情过去发生过，未来还会发生吗？作者说，发生的概率大概是七百万分之一。如何阻止呢？科幻电影给出的方法很简单：用核弹去炸它。其实这并不是一个好方法，因为小行星很可能被炸碎，从而导致更大的破坏。而且有些小行星的密度很低，会像海绵一样一下子把炸弹吸住。最好的方法听起来很科幻，就是将一枚大火箭送到小行星附近去爆炸，制造一些引力。或者依靠火箭本身的拉力，把小行星拉到另一个轨道上去，这样地球就安全了。

（主讲　梁文道）

《三体》

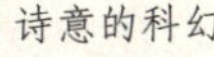
诗意的科幻

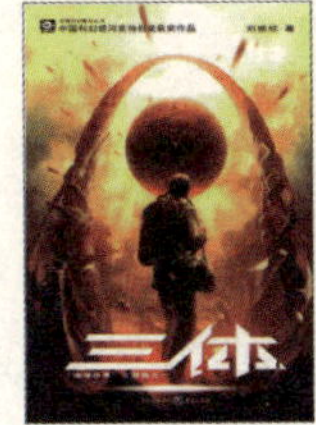

刘慈欣（1963— ），祖籍河南，长于山西，科幻作家，高级工程师。曾于1999年至2006年连续八年获得中国科幻银河奖。代表作有《超新星纪元》《球状闪电》《三体》等。

宇宙变成了一间没有边界的空旷展厅，群星都像幻觉，飞船是唯一的展品。这种心理模型可能带来巨大的孤独感。

最近一年，很多朋友跟我说："有本科幻小说，你一定要看！"说的是刘慈欣的《三体》三部曲。这位山西工程师从二十世纪九十年代开始写科幻小说，现在成为中国最有分量的科幻小说家。

说到科幻小说，我要发表一直以来我对中国类型小说的不满。我们的严肃文学作家，如王安忆、苏童、莫言，大家都知道他们是谁，文艺界也予以很高评价。可是通俗小说领域似乎就没有特别出色的人物。有些文学研究者甚至鄙视通俗小说，比如瞧不起《哈利·波特》，就像好多人看不起好莱坞电影一样。

在我看来，通俗小说是一门很高的技艺，好莱坞电影也不乏艺术佳作。有一阵子，我们国家的导演拍大片为什么拍得不行？因为他们忽视了好莱坞电影的一些基本制作规律，不是有了大投资、大制作就可以拍出大片的。

爱情小说、魔幻小说、科幻小说、推理小说、间谍小说，还有中国的独创文体——武侠小说，写作这类通俗文学，也必须像匠人一样把技艺越磨越精。当这类作品写到近乎完美时，有时候就会跨越类型小说的局限，进入一般所谓的严肃文学。

今日国人的文化品位对立严重，有些自居为“雅”的人，总觉得大众欢迎的东西一定不好，一本书卖得火了肯定是垃圾；反过来也有很多“俗”人说，你们别装精英自命清高讨人厌了。在这种情形下，类型小说很难受到重视。

当然另一方面，中国的类型小说确实也不怎么样。就拿科幻小说来说，有一群作者是真正有理科底子的人，但在文学技艺上就显得有些欠缺。所以《三体》的出现被认为是个爆炸性事件，大家认为刘慈欣完成了中国科幻小说的光荣梦想。听说好莱坞已经买下它的版权，预备改编成电影。

刘慈欣的叙事能力很强，在这本书里，他设定了一个外星系“三体”。所谓三体，指的是一颗星球包含在有三颗恒星的星系中。它不像我们地球所在的太阳系，所有行星都绕着太阳转，它的星系里有三颗太阳一般的恒星。问题出现了：到底该围绕哪颗恒星转？有时候它绕着这个转，忽然间又被另一颗恒星捕获。所以这颗星球没办法像我们地球一样有稳定的轨道和时间感，能够不受干扰地发展文明。生活在三体的外星人随时被突然接近的太阳烤焦，或是忽然又被排斥出去，冻得结冰。这也就是为什么他们会变得那么冷酷，不讲爱情，没有文学，除了生存之外什么事都不想的原因。

好的科幻小说都有自己的逻辑规则，最著名的就是阿西莫夫[1]的“机器人三定律”：一、机器人永远不能伤害人类生命，或者坐视人类生命处在危险之中；二、机器人必须永远服从人类的命令；三、在不违反第一及第二条定律的情况下，机器人可以保护自己的生命——如果那可以叫生命的话。

同样，刘慈欣也在书中建立了宇宙文明的规则：“宇宙社会学”。其基本原则是：第一，生存是文明的第一需要；第二，文明不断增长和扩张，但宇宙中的物质总量保持不变。这就导致一个可怕的后果，宇宙中的无数文明就像猎手一般埋伏在黑暗中仔细盯着，看别的地方是不是也有文明出现，如果有，就先下手为强把它灭了。

这就好比我和另一个人生活在一片原始森林里，互相不知道对方的存在，本可以老死不相往来，但是突然有一天，我发现这个原本被我独占的森林里还有另外一个人存在着。这时候我会有两种想法：第一，对方可能会善意地来和我沟通，我们两个人合作共同打天下。第二，他会不会想来干掉我，好独占森林的全部；或者他可能认为我要干掉他，就先下手为强来干掉我。

生存于浩瀚的宇宙也是如此，当一种文明发现有另一种文明存在

[1] 艾萨克·阿西莫夫（1920—1992），美国最著名的科普作家、世界顶尖科幻小说家，曾获代表科幻界最高荣誉的雨果奖。以他的名字为号召的“阿西莫夫科幻杂志”是美国当今数一数二的科幻文学重镇。其代表作有《基地系列》《银河帝国三部曲》《机器人系列》等。

时，它不是害怕自己会被侵略，就是思考着如何先下手为强。小说写到，地球人之所以不知道外星文明的存在是因为外星人都躲了起来，不想被其他星球的人发现，而我们人类却干了件最不符合这个原则的蠢事：居然天天主动向外星球发送信息，告诉全宇宙：太阳系有一个地球，地球上住着人类。

在刘慈欣看来，这是非常危险的行为，可能会招致巨大危机。如果我们要确保安全，可以把自己的星系封锁在一个低光速的环境下，飞船飞不出去，任何消息都不会走漏，如此成为一个神秘的像黑洞一般的存在。

书中提到未来的人类坐在一种大型的飞船里，长达几十年甚至几百年在太空里航行，这样的生活无疑会对人类心灵造成影响。“在心理层面上，飞船成了宇宙中唯一的物质实体，宇宙变成了一间没有边界的空旷展厅，群星都像幻觉，飞船是唯一的展品。这种心理模型可能带来巨大的孤独感。”跟我们平常所想的幽闭恐惧症相反，在太空中飞行的人类，会觉得自己的一切都是透明的，因而产生暴露恐惧症。

刘慈欣在《三体》里写出了一种难得的诗意。比如，他写冥王星上有一座人类保留的最后的纪念馆，飞行船的光圈落到远处黑色的长方形上，“这座黑色方碑是这片白色大地上唯一的凸起物，它有一种诡异的简洁，像是对现实世界的某种抽象”。女主角说：“这东西我有些熟悉。”这东西我们当然熟悉，它就是人类的墓碑。

作者把毁灭地球文明和整个太阳系的人叫“歌者”，将所有在宇宙中发出信号、让别人知道自己位置、招致毁灭的人叫“弹星者”。歌者以歌声来回应弹星者发出的琴弦声，造就了全部的灭亡。他们唱的歌是一首诗：“时间上有美丽的条纹，摸起来像填海的泥一样柔软，它把时间涂满全身，然后拉起我飞向存在的边缘。这是零态的飞行，我们眼中的星星像幽灵，星星眼中的我们也像幽灵。”

说到这首诗，我想起刘慈欣写过一个有趣的短篇，说我们人类在某个外星文明的眼中像虫子一样低贱卑劣，最后我们被消灭了，但没想到这些外星人唯一欣赏的是汉唐的诗歌，尤其喜欢李白。他们耗费了几乎整个宇宙的能量，把我们写过的诗实体化。那些诗继续飘浮在太空中，成为我们地球存在过的唯一证据。

（主讲　梁文道）

《用物理学找到美丽新世界》

集体行动的共通原则

菲利浦·鲍尔（Philip Ball），曾为《自然》杂志工作，现为专职作家，定居伦敦。著有《用物理学找到美丽新世界》《水》《明亮的地球》等。

如果动物不需要经过事先谋划，也不需要有一个领袖去指导大家，就能产生这么有秩序的行为，人类社会是不是也有某种类似的法则在幕后支配着我们？

不管是盘旋于天空的鸽群，还是排成“人”字形南飞的大雁，你看到这些飞鸟时会不会觉得奇怪，为什么这些鸟好像有思想并且懂得秩序一样，看似各自飞行，实则组成一队。

一直到了二十世纪八十年代，科学界对这个现象还没办法给出令人满意的答复。这其中的原因究竟是什么？我们能不能从鸟类的移动联想到人类社会的秩序？当然这么想对很多人来讲也许有点危险，它似乎暗示了人类社会的各种现象都能找到相应的科学原则来解释，而这一点在过去一百多年的人文社科发展史中被很多人否定。他们认为人是相当复杂的动物，有无限可能，绝不能用那么简单的几道算式就把人类社会的行为总结出来。但事实果真如此吗？

Critical Mass（台版中译本叫《用物理学找到美丽新世界》）这

本书解释了这种“生物排队”现象。作者菲利浦·鲍尔是有名的科普作家，他在书的一开头就回顾了人类中世纪以来的梦想：用科学的办法找到人类社会甚至是历史文明演化方向的解释。

他说，人类向来有一种传统，就是不把自然科学与社会科学区分得那么清晰，我们常常把自然科学的一些原则运用到社会现象上，也常常把人文社科领域的知识运用到自然科学里，两者的绝对区分是到了现代才开始的。而在最近几十年，很多学者试图去弥合这个区分，找出两个领域之间的共通点。从企业成长的法则、经济市场上的联合垄断，到候选人如何拿到更多选票，一场革命为什么从星星之火变成燎原之势，这些社会现象都可以用现代科学知识来解释。

也就是说，虽然我们每一个人都是不一样的，有着不同的可能性，但在每个人的自由意志之上，还有一些超出个人领域的集体行为逻辑，而这是能够推测演算出来的。*Critical Mass* 介绍的就是这种全新的社会物理学。

其实，不只鸟类会排队，连细菌都会。当环状芽孢杆菌聚在一起时，会排列成旋涡一样的形状。不仅这种简单生物，连单个细胞都是如此。当很多细胞聚在一起成为细胞群，每个细胞都会努力朝着团队中央前进，就像一大群饿坏了的乡下人纷纷拥进城市一样。一旦细胞群中聚集了足够数量的细胞，它们就会像多细胞生物般协调而有节奏地开始移动。

类似现象还有一大群蜜蜂聚在一起，借由自己的体温调节蜂巢的温度；一群蚂蚁在雨季即将来临之前，排队出外觅食；几万只海鱼组成巨大的旋涡状，集体游动。而动物这些“组织”活动，绝对不像人类那样，会有一个中央机构从上而下来指挥。如果动物不需要经过事先谋划，也不需要有一个领袖去指导大家，就能产生这么有秩序的行为，人类社会是不是也有某种类似的法则在幕后支配着我们？

甚至如果我们把眼界再放大一点，就会发现那些生物行为也存在于非生物世界。比如，一些粒子的碰撞过程，就算在一锅沸水冒泡的过程中，你都会看到某种可以用简明数学方式表达的原则。

举日常生活中的一个简单例子，我们把路上的行人当成是天空中的鸟、海里面的鱼，或是试管中的粒子。行人想做的事其实很简单：以自己偏好的速度朝着某个方向移动。这个念头会被外在因素影响，比如避免碰撞，因此与别人靠得越近，排斥力就会越强，好似粒子的摩擦力；而目标相同的人之间会存在一种奇妙的吸引力。

有学者在电脑上进行模拟的机器人研究，发现当两群机器人都要往一个入口移动时，两方的移动方向将会间歇性地轮流出现，也就是左边的机器人进去一个，右边的机器人进去一个，左边再进一个，右边再进一个，相当有秩序，丝毫不会发生堵塞现象。

如果我们把这个应用于现实生活，在运动场宽大的入口中间加一根柱子当间隔，它就可以同时成为出口和入口，人群会很自然地从柱子的一侧入场，而出场的则走柱子的另一侧。秩序就这样自然而然、无须商量地出现了。

天上鸟、海中鱼的秩序感也是如此，它们第一是希望避免碰到别的同伴，所以不要距离太近，同时每个个体都有明确的、共同的目标：去往某个地方，或是躲避敌对生物的追击。这时候，它们就会形成一种看起来很规整的集体行动。

二十世纪伟大的流体物理学家莱特希尔也曾用物理学知识解释过人的行为习惯。他是剑桥大学卢卡斯数学讲座教授，过去是牛顿，现在是霍金在主持这个讲座。他当年做过一个推理模型，表明虽然每个人都有自己的开车习惯，但这个习惯会被平均的驾驶行为掩盖，正如流体运动理论会忽略个别粒子的特意行为一样。

莱特希尔本身的驾驶习惯很特别，他常常超速开车，也常常被带上法庭。面对法官时，他说：“身为剑桥大学卢卡斯讲座的教授，我非常懂得力学的定律与不能浪费能量的社会责任，所以才不得不在下坡路段克制住刹车的念头。”偶尔，这些英国法官也会听听这位物理学家的辩解。

（主讲　梁文道）

《连结》

弱联系的强力量

马克·布坎南（Mark Buchanan，1961—　）美国弗吉尼亚大学物理学博士，研究非线性力学及混沌理论数年，担任国际知名科学期刊《自然》的编辑。著有《连结》《改变世界的简单法则》等。

比如我要联系奥巴马，大概只要经过五个人的层层介绍，就可以实现。

也许你在夏天的夜晚见过萤火虫，如果仔细观察，这群小东西闪烁的方式就像经过协调一样，懂得集体发光。这就好比我们去听音乐会，听完大家一起鼓掌，开始总是几个人拍手，而其他人的反应是跟上去，最后形成一片听起来颇有规律的掌声。

个体与个体之间最初是怎么联结在一起的？美国科普作家布坎南的《连结》谈的就是这件事，其中最主要的是“六度分离（Six Degrees of Separation）”理论[1]。美国一群大学生发明了一个搞怪游戏“Six Degrees of Kevin Bacon”，证明好莱坞任何一个演员都能通过五个人与凯文·贝肯[2]攀上关系。于是有八卦报纸开玩笑说，凯

[1] “六度分离”理论由美国社会心理学家提出，内容简单来说就是“你和任何一个陌生人之间所间隔的人不会超过五个，也就是说，最多通过五个人，你就能认识任何一个陌生人”。

[2] 凯文·贝肯（Kevin Bacon，1958— ），好莱坞男星，参演的影片有《阿波罗13号》《惊涛骇浪》《神秘河》等。

文·贝肯是好莱坞最有权力的人。

事实上，早在这个游戏之前，科学家们已经玩过一个类似的游戏：以匈牙利数学家艾狄胥[1]命名的艾狄胥指数游戏。艾狄胥才华横溢，很多科学家都以与他合作为荣。在这个游戏中，凡是和他合作过的人，无论做研究还是发表论文，都可以得到一个指数，近一点的是1，远一点的是2，以此类推，爱因斯坦的指数大概是3。总之，又是整个科学界的人都与这位数学家有关，再一次证明了“六度分离”理论的效应。也就是说，我们地球上这么多人，你和任何一个人之间的距离大概都只有五个人，比如我要联系奥巴马，大概只要经过五个人的层层介绍，就可以实现。所以我们才会说，世界太小了。

举个具体例子。六度分离的说法最早来源于格兰诺维特[2]，他受到一位名叫米尔格兰特的社会心理学家的研究的影响。米尔格兰特请了一帮人，帮他想办法把一封信交到波士顿一个证券经纪人手上。这些人是他随机从美国另一个州找来的，和目标人素未谋面，也不知道他具体住在哪里。但是居然都用不了六个人的距离，这封信就成功地送到证券经纪人手里了。

格兰诺维特由此发现了人与人之间联系的强弱，有些人之间的联系叫强联系，比如你跟父母、太太的联系，密度很高，关系很好；而

[1] 保罗·艾狄胥（1913—1996），匈牙利籍犹太人，罕见的数学奇才。一生独著或与人合著的学术论文达1475篇，篇篇精彩。被称为二十世纪的欧拉。

[2] 马克·格兰诺维特（Mark Granovetter），美国斯坦福大学人文与科学学院教授，全球知名的社会学家，主要研究领域为社会网络和经济社会学。

你每天出门，楼下那个与你只有点头之交的保安和你之间就是弱联系。一般来讲，大家会看重强联系，忽略弱联系，但是在刚刚所说的传信过程中，你会发现弱联系更重要。

理由很简单，假设今天我在香港，要把一封信给一个生活在鄂尔多斯的我不认识的人，于是我请别人转交。如果我找身边一个和我有强联系的朋友，比如窦文涛帮我传信，这信说不定要绕很久才能交到鄂尔多斯的那个陌生人手中。因为窦文涛和我有许多共同的朋友，我们都生活在一个小世界里。假如我忽然想起有个人我好久没见，他好像说过他常去内蒙古，我是不是能想办法找他转交信呢？找到他，这信可能“嗖”地一下子就飞到内蒙古去了，当然更容易到达目标人处。

弱联系的强大力量给我们很多启示。比如你想找一份新工作，找身边的熟人打听反而帮不上你什么忙，因为他们和你的圈子差不多，很难给你带来新机会。假如你去找一个五六年没见过的中学同学，或者找一个认识但平常不大往来的另一个圈子的朋友，这时候弱联系就跨越了交际圈子、生活群体地理位置，找到一个你闻所未闻或者过去不容易接触到的新工作的概率反而变大了。

（主讲　梁文道）

《6 个人的小世界》

个体的自由意志

邓肯·华兹（Duncan J.Wattls），美国康奈尔大学理论和应用力学博士。他以数学的方式解释了萤火虫的发光、蟋蟀的叫声，以及心律细胞的跳动如何自动调节出同步频率的神秘现象等。

我们和它们真正的分别不在于基因数目，而在于基因的组合方式和彼此的网络关系。

联结理论是一门在过去十多年间发展特别迅猛的新学科，其特点是多学科跨越，从社会学、经济学、心理学、人类学、政治学一直到生物科学，还包括基因研究、资讯科学等，各种各样的学科彼此打通。这个领域中有一位重要学者邓肯·华兹，他写过一本科普书《6个人的小世界》。

邓肯·华兹最早研究的题目是蟋蟀的叫声和萤火虫的发光，现在他是雅虎公司的首席研究员。他横跨了这么多领域，做过这么多事，你能大概了解联结科学究竟要懂多少知识了吧。

邓肯说，所谓的联结科学，看起来研究的问题范围很广，其实只是共同在问一个问题：个别事物、个别组成分子的行为如何结成群体行为。以前很多人以为，人类的种种社会行为都可以回到人类心理来解释，而人类心理可以从大脑的生化运作来解释，大脑的生化运作可以从人体的基本生理现象解释，人体的生理现象可以还原到化学，化学还原到物理学，物理学还原到数学，形成一套逐渐简化的科学观念。但是当我们开始注意个别例子，研究生物的集体行为带来的质变效果，就会了解这些简化其实是行不通的。

人类基因学研究显示，人类生命的基本密码只有三万个，比以前任何学者猜测的都少太多了。而人类在生物学上会有如此复杂的表现，显然不是个别基因元素造成的。从数字上讲，我们的基因没有比低级的有机物多多少，甚至和一些简单的植物差不多。所以，我们和它们真正的分别不在于基因数目，而在于基因的组合方式和彼此的网络关系。

传统的社会科学在研究网络问题时，都是把网络当成一个结构，但往往忽略了这个结构是动态和发展的，没有看到整个操作中个别分子的主观能动性。比如米尔格兰特的送信实验[1]，后来就有人质疑，认为这个结果不可靠。假如我今天有一封信要寄到波士顿的一个股票经纪人手上，我把它拿去给我们的摄像师，摄像师把信带回摄影厂给了导演，导演回头又给了灯光师，灯光师给了音效师，音效师一出门给了正在扫地的清洁工……那你说，什么时候才能把信送到波士顿去?

所以这个研究忽略了一点，并不是任何一个人和我之间的距离都

[1] 参见《连结》中的具体说明。

是六度这么简单。如果我把目标说得非常清楚——把信送到波士顿，那么我传给的下一个人就要先想办法把信弄到美国去；弄到美国后，再下一个人就要想办法联系一些做股票买卖的人……这样很有目标地联结下去，就有点类似于互联网的“搜索”方式了。

所以，米尔格兰特对小世界的测试方法是一种“广布搜寻”，而后一种方法是“目标搜寻”。目标搜寻更细致，并且说明在这个庞大的关系网中，每一个个体都不是没有自由意志的，只不过个体的自由意志回头又陷入了庞杂的关系网中。

（主讲　梁文道）

《虎妈战歌》

高压式教育下的盲点

蔡美儿（Amy Chua），1962 年（虎年）生于美国伊利诺伊州香槟，现任耶鲁大学法学院终身教授。她所撰写的自传体育儿经验《虎妈战歌》一书轰动了美国教育界，讨论随着《时代》周刊的参与达到了高潮。

学音乐是为了训练孩子克服困难的意志，而这些意志能够保障家道不会中落，孩子未来成功。

《虎妈战歌》原本用英文写成，在英语世界引起轰动。书里讲一个中国妈妈在美国和犹太丈夫生下两个小孩后，坚持用中国的方式教育孩子。而所谓中国的方式是什么呢？就是妈妈要像老虎一样，跟孩子的关系不是爱护他们，而是随时处在作战状态，对孩子进行严厉的管教，不能任意随着他们的喜好去做事。

作者蔡美儿在耶鲁大学法学院任教，老实说，她是我过去比较欣赏的一个作者，写过一本讨论全球化的著作《着火的世界》，批判西方中心观念。没想到这本书让我看到她非常具有权威性格的母亲形象，霸道又如此坦白，把很多盲点都暴露出来了。

作者在书的一开始提到，她身为一个在美国出生的华人第二代，非常关心一个问题：她会不会让家道中落。她说："有我把关，这种事别想发生。"而从大女儿出生那一刻起，看着那可爱的小脸蛋，虎妈就下定决心，这种事也不能发生在孩子身上，“我绝不会养出一个吃不了苦和享有特权的孩子”。换言之，“我绝不让蔡家衰微”。

这说明她严格对待孩子不只是为了孩子本身好，还为了她的家族不能衰落。因为她见过太多美国华人到了第三代的时候，那种艰苦奋斗的精神就没了。于是，她逼迫大女儿苏菲雅弹钢琴，逼迫小女儿露露学小提琴。小女儿非常反叛，在学琴的过程中吃尽了苦头。大女儿情况稍好，但也恨钢琴恨到用牙去咬琴键的地步。

但蔡美儿坚持“中国父母了解的是，在精通之前绝无趣味可言，要精通任何事情就必须下工夫，但小朋友绝对不会想要下工夫。这也就是为什么不去理会孩子的喜好非常重要，父母必须发挥坚忍不拔的精神”。这番话无疑大大刺激了欧美读者。

有一次，一位朋友来访，建议她不如让女儿去学学印尼的甘美兰音乐[1]，以激发她对音乐的兴趣。她拒绝了，她说:“我无法欣赏这种音乐的原因在于我崇拜的是难度和成就感，我不知道对露露吼过几百次，每一件值得做的好事做起来都是困难的。你知道我付出了多少心血，才得到在耶鲁大学的这份工作吗？而甘美兰音乐说穿了就是催眠，因为它太简单，没有节奏，就是一直不断地重复。”

更妙的是，她身为一名曾在学术著作里鼓吹多元的学者，居然说“甘美兰音乐跟这些西方古典音乐比较起来，就是散发魅力的竹叶小

[1] 甘美兰音乐是印尼的民族音乐，有五百多年历史，由多种乐器合奏，加上人声构成，不同于欧洲音乐的和声、对位，演奏时带有即兴性质。

屋与凡尔赛宫之间的差异”。我觉得她简直诚实得太可爱了，她把她那种不自觉的文化歧视、对陌生文化的盲点和偏见完全暴露了出来。甘美兰音乐真的像她讲的那么简单吗？当然不。

她逼迫孩子学音乐到底是为什么呢？她不一定希望孩子成为伟大的音乐家，而是跟我们今天所见的很多华人家长一样，认为学音乐代表能力或身份。为什么偏得学钢琴、小提琴？因为它很难。为什么难的事情值得做？因为她有一个循环论证，认为凡是好的事情必然是难的，而困难的事情自然是好的。

同时她又指出，学音乐是为了训练孩子克服困难的意志，而这些意志能够保障家道不会中落，孩子未来成功。她毫不厌烦地表露自己的精英主义思想："中国人常常喜欢做一件讨人厌的事情，就是公然比较子女。我在成长过程中倒是从来不觉得这件事那么讨厌，因为我总是占上风，我奶奶对我的偏爱远胜于对我三个妹妹。"她常常比较自己的两个女儿，最后，小女儿几乎要跟她翻脸。

这让我想起香港那些变态家长在教育孩子弹钢琴时常讲的一句话："你好好学，考上英国皇家学院，这辈子都不用弹琴了。"如果学一种乐器的目的是为了将来永远不去演奏它，那为什么一开始要学呢？反倒我见过很多老外，没学过什么复杂的乐理或通过什么考级认证，但是到了七八十岁，还会在弹琴中得到乐趣。

（主讲　梁文道）

《基因或教养》

竞争意识下的多变人格

茱蒂·哈里斯（Judith R.Harris 1938— ），三十多年前从哈佛大学心理系博士班退学，成为畅销心理教科书作者。1995年，她的文章《教养的迷思》发表在心理学权威期刊 *Psychological Review* 上，引起轩然大波。1997年，美国心理协会因为这篇论文颁给她杰出论文奖。

她推翻了学界盛行五十年的理论，认为孩子受到同伴的影响比在家庭中受到父母的影响更大。

《虎妈战歌》的作者身为一位知名学者，最让人可惜的一点是，她没有用谨慎的学术态度来思考自己教育子女的方法。她太相信自己经历过的教育了。

其实，无论中国还是西方，世界上绝大多数母亲教育孩子的方法都是从自己亲身体验得来的。一般来说，她母亲从前如何对待她，她将来也许就会这样对待孩子。有些人也许有反省能力，觉得自己小时候受的家教不完美，甚至有些扭曲，这时候她们就想求助专家，或是阅读家教指南了。

《基因或教养》就是一本可供参考的书。作者之前写过一篇《教养的迷思》，其中“骇人听闻”的观点引发了专业学者对她的批评。《基因或教养》是其续集，对质疑上一本书的人给予了强烈反击，余下的内容则深挖了另一个复杂的心理问题。

作者茱蒂·哈里斯是个很不平凡的人，她患有先天性肢体免疫机能受损症，只能天天坐在轮椅上，行走很不方便，以至于无法继续学术生涯，三十多年前从哈佛研究所退学，成为地道的家庭主妇。但她并不放弃，改在家中以专业知识去写大学入门的教科书。

写教科书的人，必须阅读很多基础文献和最新研究。在阅读过程中，她慢慢发现这些书原来在传递错误观念。比如，父母的教养会对子女产生重大影响，就不符合大部分研究数据。她推翻了学界盛行五十年的理论，认为孩子受到同伴的影响比在家庭中受到父母的影响更大。如此看来，我们中国人讲的“孟母三迁”还是有道理的。

她认为父母并没有直接影响到子女的人格，而且人格不是自始至终毫无改变的。比如，一个小孩在家里会有一种行为特质，面对父母很听话很乖巧，可是在学校里又会体现出另一种行为特质，也许变成非常凶暴的人。在截然不同的社会环境中，人格会有不同的表现。表里不一，其实才是正常的状态。

最明显也最戏剧化的例子来自意大利黑帮电影。黑手党的儿子一看到妈妈便怕得不得了。妈妈说，赶快回家吃意大利面。儿子立刻回来吃。如果问他，谁做的意大利面最好？他想都不想就说，妈妈。但是一出门，他看谁不顺眼，一枪就可以把人家毙了。同样一个人，在家里温驯得像绵羊，到了外面却凶残如虎狼。这说明父母从小把孩子教育好，并不能完全保证孩子长大后不变成“黑社会”，因为很多事情不在你的控制范围之内。

那么，人格差异到底由何而来？是先天基因？后天家教？还是什么别的原因？

有一个困扰了很多心理学家的著名案例，伊朗有一对连体婴拉蕾和拉丹，她们是同卵双胞胎，基因几乎是一样的；在同样的父母照顾下长大，家教也是一样的；她们连在一起不能分开，所以从小到大的生活环境也是一样的。可这两个人的性格其实非常不同，以至于两姐妹虽然感情很好，但仍然决定要冒着生命危险做分体手术：把头部连接处切开。结果，手术失败，她们死去了，让人非常心痛。

从中我们可以思考一个问题，她们的基因相同，教育相同，生活环境相同，到底是什么造成了两个人性格的差异？这一回，茱蒂·哈里斯非常大胆地提出了她的假说："会构成我们性格差异的主要原因在于我们有三种心理认知类型：第一类是要懂得经营关系，第二类是要变成社会化的人，第三类是在达尔文式的生存竞争中赢过你的对手。"

第一部分经营关系。婴儿一出生就要经营和妈妈的关系，例如要吃奶时他会哭，慢慢懂得妈妈喜欢看他笑。对于一个婴儿来说，性命系于母亲之手，所以最重要的是搞好和妈妈的关系。然后，这个孩子一点点长大，还要慢慢学习什么人可以信任，什么人不可靠；什么人可以受他指挥，什么人最好离远一点。

接下来他还要进入社会，学习文化，适应自己的团体，成为社会的一部分。这是第二部分。然后第三部分出现了：竞争关系。最主要的是，如何找出自己的长处、别人的弱点，让自己做出与众不同的事，从而区别自己和他人。这最后一层关系尤为重要。

三种关系的目的都是要把个体和个体更细致地区分开来，甚至同卵双胞胎也要找出她们的不同。因此，一个女人爱上一个男人，却不会爱上他的同卵双胞胎兄弟。这是因为我们都能够很敏感地分辨出个体与个体之间的区别，并且在分辨出来之后集中力量去加大这种区别。

所以，我们尽量在团体中避免表现得与众不同，是为了有利于社会化；但是我们尽量想和别人产生差异，是因为我们要找到自己独特的地位。竞争，是使同卵双胞胎发展出不同人格的关键。之所以两姐妹会有性格的差异，并不是因为她们哪一个出生在前，哪一个出生在后，更不完全取决于她们的基因和后天环境，而是她们都想通过竞争来表现出自己和他人的区别，确立自己的独特性。

（主讲　梁文道）

《母性》

从生物演化角度看母亲

莎拉·布莱弗·赫迪（Sarah Blaffer Hrdy），原本是科班出身的人类学家，转而对灵长目动物的社会学产生兴趣。为了研究一种猴类雄性的杀婴行为，进入哈佛大学研究所，于1975年获得博士学位，论文以《印度黑面长尾猴的两性生殖策略》为书名出版。

一方面，确有母性这回事；同时，母性也并不是想象中那么神秘、温暖、充满阳光。

我们通常认为，母性是每个女人的天性，并且对母性极度推崇，从而产生了“mother-nature”一词。这词是个双关语，一方面是说大自然是我们的母亲，另一方面是说母性是自然而然产生的。我们如此关注母性，以至于我们说到动物的时候，管雌性动物叫“母的”，好像雌性动物生来就是做妈妈用的，除此之外什么都不是了。那么，母性究竟是什么呢?

《母性》的作者莎拉是位非常有名的灵长类学家和演化生物学家。说来也怪，在灵长类学这门学问里，大部分杰出的研究者好像都是女性。这本书带有强烈的女性主义色彩，但又跟很多激进的女性主义著作不一样。她不是从社会文化的角度去拆解母性，也不是要告诉大家母爱都是神话，她要做的是从演化生物学的角度，把母性放在更深入的层面重新剖析。一方面，确有母性这回事；同时，母性也并不是想象中那么神秘、温暖、充满阳光。

书中有一个关于鸟类的例子。很多鸟会间隔产卵，不是一下子生一窝蛋，而是先生一枚，过上一天或几天再生一枚。而且它生了一枚之后马上就孵出来，这导致越早出生的小鸟生命力越强大。于是一窝鸟孵出来，里面最大最有力气的那只最有可能活下去。每次妈妈带食物回来，它叫的声最大，最能吸引妈妈的注意力，甚至有些幼鸟会残忍地把晚出生的兄弟姐妹从鸟巢中推到树下，让它们摔死。

这其实是一种很有弹性的合理做法。当食物来源起伏不定、环境恶劣时，这样的方法能够让母鸟集中哺育最大的那一只，让它活下去。假如食物充裕，环境不错，说不定一窝都能养活。鸟妈妈的母性很奇怪，当掠食者靠近时，它奋不顾身地迎战，但是当它看着自己生出来的弱小孩子被其他孩子攻击杀害时，却能坐视不理，这叫不叫亲爱的母亲呢?

还有一个有名的例子来自印度的叶猴。母叶猴生了小猴之后，有时候公叶猴会过来，杀掉它刚生下来的孩子。公叶猴比较凶暴，力气也大，常常能够得手。这时候母叶猴不但站在一旁不管，还会在事后发情，和那只刚刚杀了自己孩子的公猴立刻交配。因为如果等到其他母猴和杀婴者交配生育，它便会处于竞争劣势；或者如果它另外物色别的雄猴，所生的小猴将会在与杀婴者后代的竞争中处于劣势。

不仅如此，叶猴还有滥交的习惯。公猴不会杀害自己的后代，母猴如果尽量多地跟不同公猴交配，公猴就会怀疑母猴肚子里的孩子是自己的，这时候会想办法保护母猴。所以，一个雌性灵长类动物越是滥交，越能够得到雄性对它的爱护以及对它子女的保护，这是不是一种另类的母爱呢？

动物好像过于残忍了，再回头看看人类。人类也有主动杀害婴儿的现象，过去我们总以为杀婴是原始部落才干的事，但作者说："在所谓文明世界里，一个女人如果把新生婴儿闷死，当然是犯罪；但是如果她在心理上疏远新生婴儿，不肯喂他母乳或导致婴儿腹泻而死，这只能算是无知。同样，母亲如果把自己的新生婴儿送进弃婴收容所，明明知道其死亡率将近九成（这里讲的是中古欧洲），一般人只会认为这是不幸的事，母亲在法律和精神上都没有罪责。"所以，杀婴、漠视婴儿是人类常见的一种行为，是母性动物在历史上源远流长的本能。

而且当一个母亲生了好几个孩子后，她往往会偏爱最聪明、最健壮的那一个，对有缺陷甚至有残疾的孩子，可能会不理他、不爱他，甚至抛弃他。如此一来，人类母亲就好像最开始讲到的鸟类一样，今天生一个孩子，隔几天又生一个，母亲亲眼看着这些孩子互相竞争，甚至有时候还参与选择，于是出现了杀婴现象。这种行为从我们现代文明来看，必然是很残忍很不人道的，但是从生物演化学的角度看，有合理之处。

（主讲　梁文道）

孔子的乐论

《宅兹中国》

中国始于何时

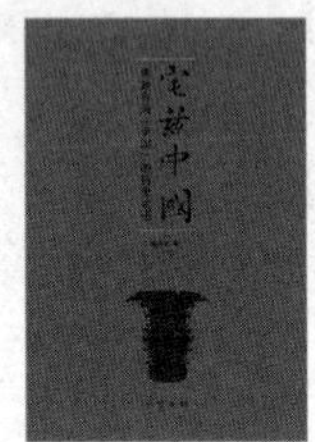

葛兆光，(1950—) 生于上海，现为复旦大学文史研究院院长。主要研究领域为古代中国的宗教史和思想史，著有《禅宗与中国文化》《道教与中国文化》等。

将三国史里刘备主导的蜀国视为正统，是自宋朝确立的。这说明当时的士大夫和文人开始有了一种追求正统的自觉。

身为一个读者，我运气一直不错，比如1989年我第一次读到爱德华·赛义德的《东方学》，启发实在太大了。我想到，假如东方是西方发明出来的一个镜像，用来建立西方自己，那东方是不是也在用如此方法对待西方？由此引出我们中国人喜欢讲的“中西”问题，好像整个世界除了西方就只剩下中国了，那我们周边的地区怎么办？印度怎么办？伊朗怎么办？阿拉伯世界怎么办呢？

就像一直以来我们都认为自己是炎黄子孙，似乎中国从古至今都是同一个民族构建的国家，但事实果真如此吗？辽算什么？金算什么？满洲人和蒙古人还算不算中国人？确实在辛亥革命以前，一部分革命家就讨论过要不要把满洲人赶走。

其实，我们今天所讲的严格意义上的“中国”概念只有很短的历史，并非我们一向认为的，“中国”是一个在时空、政治、文化概念上都相对稳定的实体。过去二三十年来，有无数学术论著在“中国”问题上发力，让我们了解到，原来所谓的“中国”可以是一个不同时空单位的重叠和虚构。

当然，这类让人对所处国家和身份认同产生疑惑和冲击的研究也惹来一些争议，复旦大学文史研究院葛兆光教授的《宅兹中国》就是对这一系列问题的回应。

葛先生说，人类学家本尼迪克特·安德森[1]的《想象的共同体——民族主义的起源与散布》问世以后，深刻地揭示了历史研究中对于“国家”的误读。我们习惯于用现代国家来想象、理解和叙述古代国家，然而民族国家如英、法、美、印度、中国、日本等，都不过是最近两三百年诞生的，古代人是没有这些观念的，所以今天我们撰写的法国史、英国史、中国史只不过是我们的“后见之明”，是从现代已有观念往回追溯而已。

梁启超曾在《新民说》里提到，当时很多人认为中国虽说是个国家，但不具备一个民族的资格，因为中国人是一盘散沙，并没有现代定义的“民族”概念存在。现代定义的“民族国家”有几个条件：首先，要有一定的领土疆界；其次，领土上要有一个主权政府，有一个国家机器在掌握它、界定它；然后，这个主权国家里的所有人都觉得彼此

[1] 本尼迪克特·安德森（Benedict Richard O'Gorman Anderson，1936—　），生于中国昆明，美国知名学者，康奈尔大学教授，主要研究民族主义和国际关系，除《想象的共同体——民族主义的起源与散布》外，还著有《比较的幽灵：民族主义、东南亚与全球》《语言与权力：探索印尼的政治文化》等。

是有关联的。比如中国的十三亿人口之间，并不可能全部认识，但我们都知道彼此有关系，我们都是中国人。

这样的想法是不是一个直到清末民初才出现的新思路呢？葛教授认为不是。他说欧洲是过去两百多年才有的民族国家，所以西方学者就以为全世界都一样，而中国的情况并非如此。中国早在宋朝开始，就有了民族国家的自觉意识。

葛教授注意到北宋时期两篇很重要的文献，石介[1]的《中国论》与欧阳修的《正统论》，说明积弱的宋朝在面对辽、西夏、金等异族政权的崛起时，开始关心到底什么叫做中国，什么叫做正统。

过去中国人常常觉得自己便是天下的核心，四周都是蛮夷，蛮夷理应向我们进贡才对，如若不从，就想办法打压他们，直到他们纳贡。可到宋朝不一样了，过去的“天下观”突然不适用了。宋是一个国家，北边的辽又是一个国家，国与国之间有非常清晰的国界。

葛兆光说，“宋人对于国界的重视，足以推翻若干近人认为传统中国与外人之间不存在清楚的法律和权利界限的看法”，而“有没有明确的边界和边界意识，是民族国家观念中一个相当重要的方面”，“尽管在当时的知识分子心目中，王朝与国家始终没有分得很清楚，

[1] 石介（1005—1045）北宋学者，兖州奉符（今山东泰安市）人，仁宗朝进士。石介推崇韩愈的“道统论”，称尧、舜、禹、文、武、周、孔之道，才是“三才九畴五常之道”，把“佛、老妖妄怪诞之教”和“穷妍极态，缀风月，弄花草，淫巧侈丽，浮华纂组”的杨亿“西昆体”美文，痛斥为“坏乱破碎我圣人之道”的罪魁祸首。著《中国论》曰：“天处乎上，地处乎下。居天地之中者曰中国，居天地之偏者曰四夷。四夷外也，中国内也。”

而道统与正统也始终纠缠在一起。但是，毕竟中国在外国的围绕下凸显出自己的空间，也划定了有限的边界，从而在观念上开始成为一个国家。汉文明在异文明的压迫下，确立了自己独特的传统与清晰的历史，从而在意识上形成了道统”。

将三国史里刘备主导的蜀国视为正统，是自宋朝确立的。这说明当时的士大夫和文人开始有了一种追求正统的自觉。但我也不禁有个疑问，就是民族国家的建立中很重要的一点不是知识分子怎么想，而是普罗大众怎么想。比如安德森在《想象的共同体——民族主义的起源与散布》里关注的是当时荷属印尼殖民地的民众如何慢慢达成共识："我们这三千多个小岛上的人，是同属一个国家的。"

葛教授关注的另一个概念是“亚洲共同体”，此概念背后有几重因缘，其一是东亚的海洋贸易把中日韩之间的经济利益时时刻刻捆绑在一起（过去我们把这叫“朝贡”）；其二是有人认为，我们应该跳出民族国家的概念，建立起亚洲共同体，挑战和对抗西方霸权。

这一想法最早由日本提出来。日本在明治维新之后，觉得不能再和亚洲人混在一起了，认为自己比其他亚洲人高级太多，应该脱亚入欧才对。福泽谕吉[1]就说："我日本国土在亚洲东部，但国民之精神已经摆脱亚洲的固陋而移向西洋文明。然而为今日谋，我国不能不等待邻国之开明，一道振兴亚洲，与其脱离其伍而与西洋文明国度共进

---

[1] 福泽谕吉（1835—1901），日本明治时期思想家、教育家，庆应义塾大学的创立者。主张脱亚入欧，被日本称为“日本近代教育之父”。

退，还不如接引支那朝鲜。”这一说法发展出亚细亚主义，认为亚洲人应该团结起来，由日本带领大家共同和西方白人抗衡。

章太炎、孙中山、梁启超等人先后都赞同过亚细亚主义，貌似这能让几个亚洲国家团结得更紧密，但其后逐渐催生出的“大东亚共荣圈”可谓恶名昭著。其实早在 1917 年，李大钊就看出了问题所在，他一针见血地指出：“若乃假大亚细亚主义之旗帜，以颜饰其帝国主义，而攘极东之霸权，禁他洲人之掠夺而自为掠夺，拒他洲人之欺凌而自为欺凌，其结果必召白人之忌，终以嫁祸于全亚之同胞。”

葛兆光认为，亚细亚主义背后有着鲜明的政治立场，绝不是单纯的思想和学术主张。我们太强调东亚三国的共通点——都生活在汉字文化圈，受儒家思想和佛教文化影响，却忽略了三国的差异，而这差异之处正是值得关注的地方。

其实，自明末清初开始，东亚三国就越走越远了。韩国开始瞧不起我们中国人，觉得你们怎么都留起辫子来了？日本人同样也看不起清朝统治下那些顺从的汉人，觉得日本才是传统华夏文化的中心。

（主讲　梁文道）

《中国人的精神》

祖辈如何看待中国

辜鸿铭（1857—1928），祖籍福建，生于马来西亚槟榔屿。自称“生在南洋，学在西洋，娶在东洋，仕在北洋”。翻译了中国“四书”中的三部——《论语》《中庸》和《大学》，用英文撰写《中国的牛津运动》《中国人的精神》等，向西方人引介中国文化。

真正的中国人的精神就是赤子之心，我们都像孩童一样过着心灵的生活。

在某种程度上，没有人比我们自己更了解我们的祖国和我们的同胞。正因如此，我们也往往雾里看花，对自己的事情反而看不明白。《中国人的精神》讲的是我们的祖辈辜鸿铭老先生是如何看待中国人的。

辜鸿铭生于 1857 年，恰是鸦片战争之后，中国开始走向衰败的时期。生在这样一个令人遗憾的时代，辜老先生却成长为一个学贯中西的人物。一方面，他精通十几种外语，能够用英文与外国人争辩几小时；另一方面，他又彻头彻尾地维护中国传统文化。辛亥革命之后，大家都把辫子剪了，他还留着，被人骂成“老古董”。

《中国人的精神》先是用英文，后来才翻译成中文。辜鸿铭想以此书告诉西方人，真正的中国人的精神是什么，可谓用心良苦。

辜鸿铭说，中国人最主要的精神有三种：deep，broad 和 simple。也就是，深沉、博大、淳朴。他甚至说，如果大家都来研究中国文明，美国人将变得深沉起来——美国人很浅薄；英国人将变得博大——英国人有些小气；德国人将变得淳朴——德国人理性有余，感性不足。

这三种精神其实就是民族性格。在欧洲，有人曾把德国和意大利的民族性格放在一起比较，认为还是意大利人比较可爱，德国人太理性了。但正是由于这种理性，德国比意大利成功。于是欧洲流传一句话：“德国人喜欢意大利人，但是不尊敬他们；意大利人尊敬德国人，但是不喜欢他们。”

西方人到过日本和中国之后，也会有两种截然不同的感受。他们刚开始都比较喜欢日本，觉得这个国家秩序井然、彬彬有礼，但时间长了也许就不那么喜欢了，觉得日本人冷冰冰的缺乏感性。而中国虽然脏乱，厕所很臭，待久了反而会被中国人的淳朴所感动。

辜鸿铭说，其实真正的中国人的精神就是赤子之心，我们都像孩童一样过着心灵的生活。因此中国人对抽象的科学及哲学没有兴趣，在西方人最擅长的理性哲学领域一无所能，因为心灵与情感才是我们的长处，这也让我们在生活的很多方面保持着简单和淳朴。

当然这是辜鸿铭一百多年前所描绘的。这一百年中，中国社会发生了很多变化。首先是两场革命，辛亥革命以及后来的社会主义革命，中国人流了很多血，中国很多外在的东西也在改变，但内在的东西有没有变化呢？

现在的中国人依然偏于感性，不擅长抽象思维，处理问题抓不到核心。辜鸿铭说，在中国人的文明史上，从来没有发生过心灵与头脑的冲突。我想，今天的中国人也依然如此吧。不管是青年还是老年，我们习惯于把复杂的事物简单化，比如“愤青”情绪，那只是心灵的感受，头脑并没有起什么作用。

（主讲　邱震海）

《万物》

中国艺术的秘密

雷德侯（Lothar Ledderose，1942— ），德国汉学家，海德堡大学东亚艺术史博士。著有《米芾与中国书法的古典传统》《兰与石——柏林东亚艺术博物馆藏中国书画》等。

中国人很擅长把不同事物拼凑组合，看上去好像变化无穷，其实万变不离其宗。

许多外国朋友去中餐馆吃饭都会觉得奇怪，进了馆子一坐下，送上来的菜谱那么厚，里面提供的菜足有几百样。可是当你点完菜之后，这些菜都能迅速地在几分钟之内送上桌。这跟西餐厅完全不一样，西餐厅的菜牌都极尽精简，上菜也比中餐馆慢得多。这里面到底有什么玄机呢?

其实说穿了很简单，中国的菜式都是一些组合。比如“菜花炒肉片”、“菜花炒鸡柳”、“菜花炒牛肉”；同理“柿椒牛柳”也可以换成“柿椒鸡片”或“柿椒肉片”。总之，材料和菜式就那么几种，但是来来去去相互组合，就可以做出无穷的变化。

这也可以说是中国文化的特点，中国人很擅长把不同事物拼凑组合，看上去好像变化无穷，其实万变不离其宗。《万物》这本艺术史著作揭示的就是这个秘密，简言之，万物的创始总是源于几个最基本的法则。

中国人向来喜欢讲“师法”自然，却并不像西方写实艺术那样去“复印”自然，它更注重掌握自然的法则。自然创生万物的法则是什么呢？比如我们看一棵树，其实每一片树叶看上去都差不多，树枝和树干也很相像，但是我们很容易分辨一棵树和另一棵树的区别。虽然它们的组合成分差不多，但组合方式千变万化。

中国人充分利用这个原理来构成他们的艺术作品。比如汉字，汉字本身由不同的笔画组合而成，字体也有不同的书写方式，变化极多。仅就笔画组合而言，如果把点、横、撇、捺分别安排在上、下、左、右四个象限里，大概总共能得出 9999 种不同的变化方式。

中国人没有采用这种方式，同样构造出了无限多的汉字，而且每个字都有自己独特的形态。汉字组合的秘密是什么呢？部首。部首是汉字的基本构件，比如一个竖心旁，就可以组合出不同的汉字。商周青铜器的图案也是如此，外行人看起来可能差不多，仔细研究就会发现，它们的结构原理其实也是组合。

雷德侯教授认为，这体现了中国人对模式化思维的迷恋，不管青铜器还是印刷术，都是这种思维模式的产物。最极端的例子还有秦始皇的兵马俑。那些兵俑乍一看都差不多，但仔细看又都不一样。他们的脸形、头发、胡子的样子也就那么几种，但是拼来拼去就成了千变万化的一大群兵马俑。

问题是，如果中国艺术真的那么喜欢模式化，它的书论和画论为什么又强调自然本性的流露呢？事实上，书画艺术的学习都会先经历一个漫长的模仿阶段，书法的碑帖和国画的画谱是供人模仿的样板。只要掌握了各种笔法，或者把画谱中各种山石花鸟的画法学到手，就能拼凑出一张看上去还不错的书画。

也正因为如此，中国人才对作品中流露出的自然本性更加看重和向往，并将其视为创造力的象征，因为它是对模式化文化生产方式的反叛。

（主讲　梁文道）

《礼仪中的美术》

汉砖与夏鼎

巫鸿，艺术史家，芝加哥大学教授，哈佛大学美术史与人类学博士。著有《武梁祠——中国古代画像艺术的思考性》《中国古代美术和建筑中的纪念碑性》《重屏：中国绘画的媒介和表现》等。

中国人死后并不愿意到一个陌生的地方去。对他们来说，家庭才是更值得留恋的地方。

《礼仪中的美术》是一套美术史著作，它的副标题是“中国古代美术史文编”。在这里，礼仪特指宗教类型的仪式。在人类学家看来，仪式是一个转变的过程。比如结婚仪式，人们在结婚之前都是独立的，但是经过结婚仪式的转化，不仅两个人之间的关系变了，身份也随之发生了变化，从未婚到已婚，仪式赋予人新的身份。

在各种各样的仪式中，艺术会发挥很大作用，它不仅关系到美丑，甚至还有着重要的功能性作用。比如汉朝墓室的画砖，除了艺术和美学上的价值，还有丰富的文化含义。对它的研究要借助艺术图像分析、人类学、文化叙事等各种方法，巫鸿在书中对此进行了深入的探讨。

比如对于汉朝人来说，什么叫天堂呢？“天堂”是基督教文明中的概念，认为人离开现实世界之后会进入一个伊甸园。而汉朝墓室中，不管是画像还是陪葬品，它们所营造的都是一个美化版的现实世界：家具器皿一应俱全，车马仆役、妻妾儿女、牛羊牲畜、鲜花水果……总之，人世间的一切好东西这儿都应有尽有。这就是中国古人的天堂观念，中国人死后并不愿意到一个陌生的地方去。对他们来说，家庭才是更值得留恋的地方。

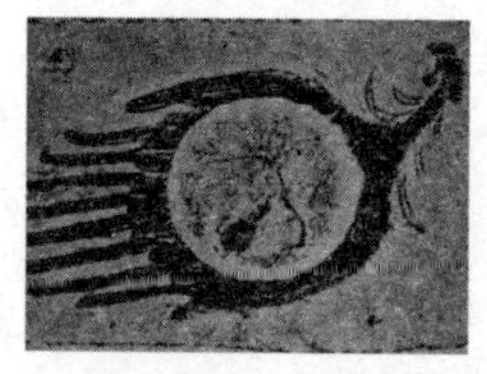

当然汉朝也有神仙信仰，这些信仰在艺术品上也有表现。比如一个铜香炉就可以体现人们对仙界的想象，有时候我们在画中看到的仙山是灵芝一般的造型。昆仑山据说是仙山，它在现实中也确实存在。为什么会这样？因为，对中国人来说，仙山并不在来世，它就在这个世界上，只不过非常遥远，需要人们辛苦寻觅才能找到。而所谓成仙也不在来生，古人相信通过炼丹修行可以长生不老、羽化成仙。

这些分析显然超出了一般意义上的美术史研究，这也正是巫鸿治学的特点，他会在美术史研究中糅合很多有趣的文化分析。比如关于“五岳”的说法，其实地理上居于中央的本来是“中岳”嵩山，为什么泰山的地位反而更高？

中国人所讲的“五岳”不是一个地理概念，而是文化概念。曾经有很长一段时间，“西岳”华山才是“中岳”，后来嵩山成为“中岳”，说明“五岳”向东转移了，而这个迁移过程体现出中国王朝及版图的变化。

“泰山封禅”的传统仪式使泰山成为儒家道统观念的象征，其地位具有了无与伦比的重要性。历史上曾有人封过嵩山，那就是武则天。但自此以后，再也没有第二个皇帝去嵩山封禅了。

巫鸿还研究过纪念碑。他把纪念碑解读成两部分：一部分是纪念碑性，另一部分是纪念碑体。纪念碑的作用就是纪念某些东西——历史事件、伟大人物或国家的建立，同时也通过这座纪念碑建立人与社会或政权与社会的关系，这些性质叫纪念碑性。而纪念碑本身，无论是一座石碑、一座雕像还是一座建筑物，都只是承载和体现这些性质的外在形式而已。

出人意料的是，书中认为中国最早的纪念碑并不是常见的石碑或建筑物，而是夏商周三代的青铜器，尤其是“九鼎”。读过《左传》的人都知道，“九鼎”是夏商周时期最重要的王朝权力的象征。巫鸿认为，“九鼎”在历史上并不一定真的存在，有可能只是一个传说[1]。

---

[1] 传说夏禹铸造九鼎代表九州，将之作为国家权力的象征。夏、商、周三代均以九鼎为传国重器，为得天下者所据有。《左传》记载，公元前606年，楚庄王熊旅把楚国大军开至东周首府洛阳的南郊，举行盛大的阅兵仪式。即位不久的周定王忐忑不安，派善于应对的王孙满去慰劳。庄王见了王孙满，劈头就问道：“周天子的鼎有多大？有多重？”王孙满委婉地说：“一个国家的兴亡在德义的有无，不在乎鼎的大小轻重。”庄王傲慢地说：“你不要自恃有九鼎，楚国折下戟钩的锋刃，足以铸成九鼎。”王孙满却说：“周室虽然衰微，但是天命未改。宝鼎的轻重，还不能过问啊。”于是庄王终于不再强求。这就是“问鼎中原”的典故。

他更重视通过九鼎所体现出来的中国人的观念。

青铜所铸的鼎本来是可以煮东西的，但它们只在特别的宗教祭祀仪式中使用。传说夏朝建立时，各方部族都进献了一些在当时很贵重的金属青铜。夏王就把它们熔化在一起，铸成一口大鼎。据说鼎身上画满了神州大地各处的风光景物，象征着天下万物都归王所有。因此，这口鼎首先是为了纪念一个王朝的建立，是政权合法性的象征。

夏朝灭亡以后，鼎传到了周朝手中，这时候它已经被赋予了更加神奇的象征意义，似乎谁拥有这口鼎，谁就是合法的天子。而这口鼎好像也已有了自己的生命，传说如果你的政权不得人心，这口鼎就会自己走。当然实际上鼎是很重的，不可能自己移动。根据记载，青铜器一向被称为“重器”，这个“重”并不是单指重量，也是象征意义上的。过去哪怕是一只小小的青铜酒壶，大臣们在君王面前也要表现出非常慎重的样子，好像这只酒壶重得拿不起来，以此表示对他的尊敬。

（主讲　梁文道）

《汉字书法之美》

心事比技巧重要

蒋勋（1947— ），福建长乐人，生于西安，长于台湾，负笈法国巴黎大学艺术研究所。先后执教于台湾文化大学、辅仁大学及东海大学。出版有小说、散文、艺术史等美学著作数十种，包括《美的沉思》《写给大家的中国美术史》《舞动白蛇传》等。

行草中隐藏的是对典范楷模的抗拒和对规矩工整的叛逆。

汉字的美妙，是比世上别的文字多了一种视觉上的美感。日文、阿拉伯文等东方文字也有意境，相比之下，欧洲文字就只剩下简单的表意功能了。

《汉字书法之美》从审美角度谈汉字，作者蒋勋是近年来颇受两岸欢迎的美学家。他文笔好，作品大多温情唯美，学术方式有点像宗白华，并不是特别的系统化和理论化，着重于日常生活中就能感知和体味到的美学。

蒋勋说，汉字是世界上最古老的象形文字之一，与拼音字母相比，象形文字更注重造型，这也正是它的审美效果之所在。书中很多观点相当有趣，比如讲到蒙恬造笔的故事。中国早在秦朝之前就有毛笔，但蒙恬改造了毛笔的形式，在它的中间加上了中锋，这样写出来的字就大不一样了。笔锋创造出汉字特殊的效果，使线条流畅动感，从此走向隶书的点捺顿挫和行草的波磔飞扬。虽然欧洲也有毛笔，但他们主要用来画画，与中国书法的感觉完全不同。

书中提到王羲之，作为书圣，王羲之的书法历来被公认为中国之最。但蒋勋更注重的是王羲之第一次有了将汉字的表意功能趋向审美功能的自觉，这个转折点就是他的行草。行草是一种不太容易辨认的字体，在某种程度上已经损失了汉字的表意示意的功能，但也因此更强调自身的美感，正是这一点使王羲之成为第一个具有审美自觉的书法家。

作者还认为，"天下第一行书"的《兰亭集序》其实只是篇草稿，因为它上面有涂改的痕迹；而有"天下行书第二"之称的唐颜真卿的《祭侄文稿》也是草稿，"天下行书第三"北宋苏东坡写的《寒食帖》还是草稿。这也许是解开行草美学的关键所在。蒋勋认为，行草中隐藏的是对典范楷模的抗拒和对规矩工整的叛逆，它在充分认知了楷书的规矩之后，大胆地游走于主流体制之外，笔随心行——心事比技巧重要。

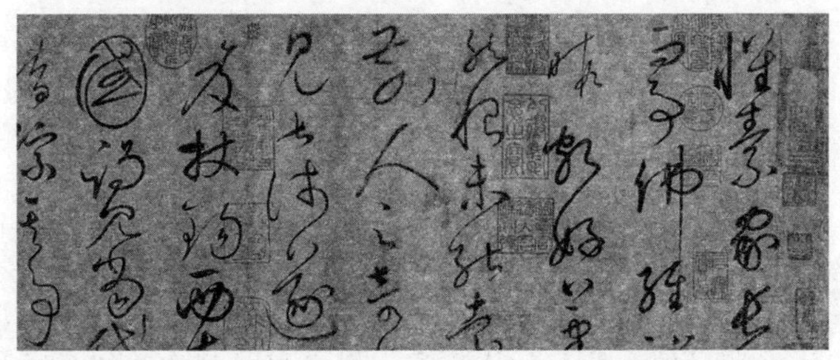

作者从美学角度对书法的解读不乏创新之处，比如过去书法史上有碑学、帖学之分。蒋勋认为，其实二者的区别不仅在于审美风格，

还在于所使用的材料。比如我们都认为，魏晋时的书法家有今天所说的帖学风范，但当他们刻碑时，还是会老老实实地用碑学。所以蒋勋认为，不如简单地回到用材质去区分。

作者所关注的书法美学体系也独创一格，很多人可能更注重“永字八法”[1]，而他最关注的是卫夫人[2]的《笔阵图》。传说卫夫人曾教过王羲之写字，并传下了“高峰坠石”之为点、“千里阵云”是一横、“万岁枯藤”是一竖等口诀。蒋勋就围绕这些基本概念谈书法的美，最后将书法美学与生活的美学联系在一起。

可惜今天能够领略这种美学的人不多。以前的古代建筑如山海关，因为上头有“天下第一关”五个方方正正的大字，那种雄伟气势立刻就出来了。而今天的一些现代建筑上，哪怕是领导或名人题字，也很少有这种相得益彰的效果了。

（主讲　梁文道）

---

[1] 永字八法其实就是“永”这个字的八个笔画，代表中国书法中笔画的大体，分别是“侧、勒、努、趯、策、掠、啄、磔”。相传东晋大书法家王羲之曾用几年的时间专门写“永”字，认为这个字具备楷书的八法，写好“永”字，所有的字都能写好。

[2] 卫夫人(272—349)，东晋女书法家，名铄，字茂漪，河东安邑(今山西夏县)人。家学渊源，传王羲之少时，曾从她学书。卫夫人有《名姬帖》《卫氏和南帖》传世，所著《笔阵图》，众说纷纭，或疑为后人伪托。《笔阵图》云：“横”如千里阵云，“点”似高峰坠石，“撇”如陆断犀象，“竖”如万岁枯藤，“捺”如崩浪雷奔，“努”如百钧弩发，“钩”如劲弩筋节等。卫夫人将“筋”、“骨”、“肉”之说引入书论，使之成为书法审美范畴，为后世的创作和欣赏开辟了新思路。

《傅山的世界》

"七剑"师傅的应酬书法

白谦慎（1955— ），生于天津，耶鲁大学艺术史博士，曾任教于波士顿大学及哈佛大学。著有《天倪——王方宇、沈慧藏八大山人书画》《与古为徒和娟娟的发屋——关于书法经典问题的思考》等。

这一时期的书法家仍然喜欢模仿古碑和金石文物上的字体，这已成了一个传统，而傅山正好处在这个传统的发展过程中。

看过《七剑下天山》的朋友一定都记得里面的一个厉害人物——“七剑”的师父傅青主。傅青主在历史上真有其人，就是明末清初的大学问家、书法家和艺术家傅山。

傅山是个不世出的奇人，不仅武功高强，学问渊博，还是一代名医，很多人都吃过山西的名小吃“头脑”[1]，传说也是他创制的。《傅山的世界》这本书主要谈傅山的书法，副标题是“十七世纪中国书法的嬗变”。

中国书法到了明朝末年出现了一种比较奇怪的现象，就是重“碑”

[1] 山西名小吃“头脑”，也称“八珍汤”，传为明末清初太原大书法家、思想家傅山创制。傅山精通医术，尤善妇科。其母陈氏晚年多病，傅山潜心研究发明了“八珍汤”，为老母滋补调养之用。八珍就是羊肉、羊脂油、酒糟、煨面（炒过的面粉）、藕根、长山药、黄芪、良姜八种原料，将它们炖煮而成的汤食据说有抑阴补阳、养气补血、抗寒止咳的功效。

甚于重“帖”。学习书法的一个重要过程是临摹，一般都是先学帖，帖的正统当然是王羲之一脉，但是到了明末清初，越来越多的人认为碑比帖重要，开始通过临摹碑文学习书法。

为什么会出现这个转变？作者试图从政治经济、社会文化、个人心态以及伦理道德等多方面的变化去解释这个过程。其中，傅山的书法起到了一定作用。看过傅山书法的人都知道，他的书法中有很多异体字，猛一看不容易认出来，而这些字据说大都是从古代碑文中找到的，尤其深受篆书和隶书的影响。

明末文化崇尚争妍斗丽，文人喜欢讲“奇”，强调越古的东西越奇，后来又发展到追求丑，一个字越是写得又拙又丑，越称得上奇美。这种风气到了清朝以后就变了，清朝人觉得明朝的学风华而不实，于是严谨的朴学和金石学随之出现。但这一时期的书法家仍然喜欢模仿古碑和金石文物上的字体，这已成了一个传统，而傅山正好处在这个传统的发展过程中。

作者还发现，明朝之后的中国书法出现了一种新样式，就是在一张纸或一本册子上，你会发现字体写着写着就变了，一会儿是行草，一会儿是狂草，或者中间又加进去一些小楷。傅山写字的时候还会用小字在旁边加注，好像另一个人在评论自己的书法。也可能本来是在写一段史记，可是突然加进来一首诗词，看上去很有戏剧效果。

为什么一篇文章里可以出现不同的字体呢？作者认为，这种书写方式是为了适应晚明时期一种新的印刷品。中国的印刷业在明朝末年已经普及，出现了很多大众化读物，就像今天的杂志一样，可以把不同内容的文章放在一起。当时有一种印法是把一页纸分成上下两部分，上面那部分可能讲风水，下面那部分居然印上拳谱。在这种印刷品的影响下，书法家把不同的文体和字体糅合在一起，就没什么可奇怪的了。

傅山在书法史上被视为最后一位草书大师，在他之后草书就没落了。草书一向被视为最能表现个人内心情感的书法，可是大家不知道，对傅山来说，写草书不过是一种应酬而已。人家跟你求字，你苦不堪言，又不好推托，这时候傅山一般都喜欢写草书，因为可以写得快嘛。不过即使写得随便些，书法也还是有好坏之分的。

（主讲　梁文道）

《孔子的乐论》

音乐与儒家

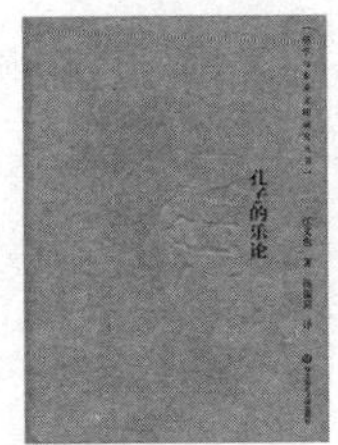

江文也（1910—1983），原名江文彬，音乐家，曾在东京上野音乐专门学校学习作曲。任国立北平艺术专科学校、中央音乐学院教授，毕生追求创作现代中国的民族音乐，主要作品有管弦乐曲《孔庙大晟乐章》《故都素描》，钢琴曲《北京万华集》《在台湾高山地带》等。

对孔子来讲，音乐纯净无瑕，自成一个美的世界，它本身就是道德的。

中国文化历来重视音乐，许多圣贤的传说都与音乐有关，据说古代很多音乐都是皇帝创制的[1]。周朝时候，一个乐师所担负的职责几乎相当于我们今天的文化部长[2]。在文化典章制度还不完备的时候，“乐”首先被提出来，作为国家政治的一部分，承担教化功能。

在《孔子的乐论》一书中，作者江文也介绍了音乐在儒家文化中的重要作用。这本书以日文写作，在日本出版，后由台湾哲学家杨儒宾先生翻译成中文。

我小时候在台湾上学就很熟悉江文也这个名字，那时候听过的很多好听的天主教圣歌，作者就是江文也。他在日治时期的台湾长大，

[1] 中国的古琴被认为是世界上最早的弦乐器，关于它的创制有“伏羲作琴”、“神农作琴”、“舜作五弦之琴以歌南风”等传说。《乐书》上也有记载“黄帝使伶伦伐竹于昆溪，斩而作笛”，此外，还有“女娲作笙簧”，伏羲“灼土为埙”等与音乐有关的故事流传在民间。

[2] 见《周礼·春官宗伯第三》：“乐师，掌国学之政。”

后来到日本学习音乐，成为有名的音乐家。1938 年他去了北平，此后一直没有离开。“文革”中他挨过批斗，后来虽然平了反，但因为劳改多年，身体严重受损，两次吐血、数次中风之后就病故了。

作为一位音乐家，江文也对于孔子的乐论有独到的理解。在他看来，孔子其实是个大音乐家，“子在齐闻韶，三月不知肉味”流露的便是他对音乐的热爱。《论语·述而》里有一句话：“子与人歌而善，必使反之，而后和之。”孔子听到别人唱歌唱得好了，必然会请他再唱一遍，唱到动情处还忍不住要跟人家一起唱，最后的场面大概就像现在大家唱卡拉 OK 一样吧。这样的孔子形象是我们以前很难想象的。

书中讲了孔子向师襄子学琴的故事。孔子是古琴名家，他学琴十天，师襄子就说他弹得不错了，孔子却说，我只是学到曲子而已，还未得其“数”（拍子和旋律）。又过了几天，老师说，你已习其数，“可以益矣”，但孔子说，我还未得其“志”（情志）。然后又过了一阵子，师襄子说，你已得其“志”，孔子说，还不行，我还没有得其“人”。

什么是琴曲的“人”呢？有一首著名的《文王操》是孔子传下来的，在反复弹奏这首曲子的过程中，孔子“有所穆然深思焉，有所怡然高望而远志焉”，他说自己好像遇到了琴曲的作者周文王：“丘得其为人，黯然而黑，几然而长，眼如望羊，如王四国，非文王其谁能为此也！”[1]

---

[1] 见《史记·孔子世家》。

他眼中的文王皮肤黑黑、身躯高大，眼睛像羊一样温驯，那种君临天下的气势跃然而出。从中可以看出孔子非常讲求用音乐去诠释或展现一个人的人格，并将人格的体现视为中国音乐的最高境界。

在我们今天来看，音乐就是艺术，就是美，它与道德有什么关系呢?而儒家的名言“立于礼，成于乐”[1]，礼乐是紧密联系在一起的。梁漱溟曾指出，儒家文化精神就是“乐”的精神。只是礼貌规矩地依据行为规范去做事，并不算至美至善，必须融会贯通，发自内心，才能成就真正的道德。对孔子来讲，音乐纯净无瑕，自成一个美的世界，它本身就是道德的。

古琴是中国重要的弦乐器，丝弦与金石竹木的区别是，钟鼓笙笛的音律都是固定不变的。音色相对单调，而琴音可以变化无穷，每个声音都可以组成自己的一个小宇宙，它弦出大美，漂流于大气之间，终可以高抵上空。所以《乐记》中才说：“乐者，天地之和也”，“大乐与天地同和”。

“礼”是固定的规矩，而“乐”具有流动性。如果说礼是善的话，那么乐就是美，“礼”只能规范个体的行为，而“乐”能够把所有的“礼”都统一起来。“乐”是我们大家都能感受得到的、潜藏于人心中的东西。当我们能够感受到他人的悲喜，将自己的感受与他人的心意打通，并以一种悲悯的态度同情关怀天下所有人的时候，那便是“仁”。

（主讲　梁文道）

---

[1] 原句见《论语·泰伯》。“子曰：兴于诗，立于礼，成于乐。”

《秋籁居琴话》

琴曲的骨架

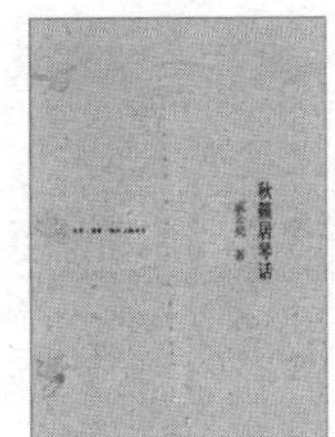

成公亮（1940— ），古琴演奏家，毕业于上海音乐学院，曾任教于南京艺术学院。先后师承梅庵派大师刘景韶和广陵派大师张子谦。

古琴的精神，正是要赋予弹琴者一种自由的权利，在乐谱的提示下充分发挥个人的创造力，表达出自己的审美情趣和精神意蕴。

有一件事情难免让人觉得遗憾，现在我们中国人的耳朵越来越西化了，很多人不懂得如何欣赏古琴，反而更习惯于感受西方音乐。

《秋籁居琴话》是本谈中国传统音乐的书，作者成公亮是有名的古琴家，他发现很多人之所以听不懂古琴，是因为我们太习惯于音乐的旋律，如果旋律不明显，我们就找不到音乐的主题。事实上，并不是所有音乐都那么注重旋律，西方一些学院派的现代音乐也不太注重旋律。

在中国传统音乐中，与“旋律”意思相近的词是“曲调”或“音调”，不过它们的含义更宽泛些，多指没有唱词的音乐。而中国传统音乐中最有特色的还不是曲调，而是“韵”。

什么是“韵”呢？古人认为，音乐的出现是先有声后有韵的，韵所表达的是种种细微的变化，包括音色的繁复以及音乐的快慢顿挫等对比关系。它更多指的是乐句中间音与音的关系，而不是乐句和乐句之间的关系，这也正是国乐和西乐最大的区别。

我们在听西方音乐时，往往会更注意这个句子的旋律与下一个句子相比是忽然高起来还是低下去？快了还是慢了？中国音乐强调的则是一个音和另一个音之间的关系，更注重音色本身的变化。

西方音乐往往比较平直，不管弹琴还是唱歌，都强调音色要统一，而中国音乐讲究有头、有腹、有尾，这些变化在弹奏古琴的时候通过挫、抖、换等指法来表现。正因如此，古琴的旋律才大多退隐于音韵的繁复变化背后，散落在高低迅疾不同的音色组合之中，它的细微之处更加复杂。如果我们把古琴的旋律理解为一条线，那么因为弹奏的指法和技法不同，这个旋律就会变得更加模糊，好像每一条旋律线上都枝蔓丛生，这正是古琴音乐的美妙之处。

成公亮既恪守中国音乐的传统，同时也很注重旋律，认为旋律使情感更容易投入。很多人弹琴只会按照琴谱一个符一个符地弹出来，

听上去就是一个接一个独立的音，而不注重音与音之间关系的强弱刚柔及长短轻重，同时也忽略了整个乐句的构成以及乐句之间的关系。而一旦注意到音与音、句与句的关系，从某种程度上说，就已经开始关注旋律了。

中国古琴经历过一些革命性变化，比如琴弦，从前用的是丝弦，现在大多都是钢弦了。钢弦音量大，却没有丝弦那种饱满的质感，也缺乏怀古之思的清雅，更没有物与人合而为一的韵味，这是古琴音乐一个重大的音色革命。

古琴的琴谱也很有特色，一般人看不懂。目前全世界最古老的琴谱是唐谱《幽兰》[1]，它一直被收藏在日本，十九世纪才被重新发现。其实唐谱还是改造过的，并不是最早的古谱，这些琴谱所记录的并不是横向的旋律，而是指法与琴弦的位置。

从琴谱上就能看出中国人的音乐观念，古琴谱并不直接记录乐音和节奏，按照琴谱弹奏时可以有很多自由发挥的余地。从琴谱上读出一首曲子并把它弹奏出来，就是古人所说的依谱鼓曲，现在称之为“打谱”。为什么叫“打谱”呢？作者说，其实打谱的过程和打鱼、打猎一样，都有寻找、求获、作业的意思。

成公亮在打谱方面特别有成就，一首琴曲打出来之后，它的精神含义就经过了再次理解，出现差异也是常有的事。如果原谱记谱有误，

---

[1] 古琴唯一现存的文字谱为唐初手抄卷子《碣石调幽兰》，现存于日本东京国立博物馆。

屡打不通，打谱者还必须设法勘误，或者按自己的逻辑重新理解，替代有误的部分。这时候也许会波及周围一些没有错误的谱子，这样改下来，你所打的谱与原谱已经很不一样了。据说中国的古琴音乐有三千首，其实也就五六百首，因为有太多不同版本的变化，就形成了不同的古琴流派。

传统的简谱是一种指法谱，是一些没有音乐形象的节奏符号，它不像五线谱那样用高高低低的音符把旋律明显地表现出来。古琴谱上是看不到音的快慢、节奏和旋律的，必须要一个一个打出来试试看。打谱是一个反复摸索的过程，有时候需要几个月工夫，大曲说不定还要好几年，才能搞清楚一首曲子到底该怎么弹。

也许有人会问，这样不是太麻烦了吗？为什么我们不能改变一下，像西方音乐那样把旋律清清楚楚记录下来呢？其实古琴的精神，正是要赋予弹琴者一种自由的权利，在乐谱的提示下充分发挥个人的创造力，表达出自己的审美情趣和精神意蕴。

相比之下，西方音乐的乐谱的确十分精细，但同时也会带给人更多的制约和束缚。古琴谱只是琴曲表达的依据，它好像一副骨架，这副骨架上面还有很多空隙是需要弹琴人用自己的血肉去填充和依附的。因此，一个人的古琴弹得好不好并不完全在于技巧，更在于他的修养和禀性，它甚至是一个人人格的体现。

（主讲　梁文道）

《侠隐》

在武侠小说中消亡的北平

张北海（1936— ），山西五台人，曾就读于台湾师范大学和洛杉矶南加州大学。在联合国工作二十多年，担任翻译和审校。著有《美国：八个故事》《人在纽约》等。

这个时代的结束并不是拳脚敌不过枪炮那么简单。

所谓“武林”，好像是一个早已消逝在历史迷雾中的传说了，为什么它还让中国人一直追慕感怀呢？《侠隐》这本书给我们提供了一些思考。

作者张北海的少年时代是在北京度过的，后来则一直生活在纽约。他的作品深受纽约华人的欢迎，大家都认为他很懂纽约，把那里的生活写得很鲜活。没想到，他后来又出了一本武侠小说，把旧时代的北京写活了。

那个时候的北京还被称为北平。民国时候的北平是一个什么样的世界呢？在我们的想象中，那是一个安逸快活的地方，人们在静谧的胡同里慢慢喝着豆汁儿——至少抗战前是这样的吧。可是在张北海笔下，老北平不再只是宁静的胡同，也是一个繁华的国际大都会，数不清的外国使者、大报记者和各国商人都聚集在这里。

书中描写了一名美国医生，他先是在协和医院当大夫，后来自己开诊所。他穿着洋服住在四合院里，喝着加了冰的威士忌，讲一口标准的北京话，读中国书，甚至还去西山度假。你无法想象当年似乎未脱原始蒙昧色彩的老北京会有这样的洋派作风。

很多人都觉得这本书是献给老北平的一首挽歌，这种书写方式是台湾读者很熟悉的，当年梁实秋那一代就写了很多关于老北平的故事。那段历史之所以令人神往，也许只是因为它已经永远消逝了。

随之消失的，还有一个传说中的武林。在民国即将消亡的时候，那些武者和侠客哪儿去了呢？书中有一位太行门的老师叔回忆，他刚来北京时用的还是清朝的银圆，后来奉系军阀入关，好多家镖局都关了门，几位有点交情的镖师、镖头不是给大户人家护院，就是去给大商号看门，还有的在天桥、隆福寺、白塔寺的庙会下场子卖艺；有的干脆弃武经商，开了茶馆、饭庄；也有的去跑单帮、闯关东，还有的甚至沦落到给巡警当跑腿。

武林人士从此星散，一个时代也就此消逝在历史时空中。这个时代的结束并不是拳脚敌不过枪炮那么简单，而是整个社会结构的变化，改变了老江湖们过去赖以生存的社会条件。

这本小说也像所有武侠小说一样讲了一个报仇雪恨的故事，可它的妙处在于：第一，复活了老北平的历史氛围；第二，故事的男主角居然是一位美国留学回来的侠客，他不仅学过洋文，连最后报仇雪恨的主要工具都成了手枪子弹。

书中也描写了很多武林人士的困惑，比如国难当头的时候，该不该帮助政府去抗日？本来“侠之大者，为国为民”，帮助国家抵御外侮是应该的，问题是那样做又等于在帮官府的忙，而在江湖人眼中，替官府卖命向来是为人所不齿的。

小说快结束的时候，故事中的恩怨好像都有了令人满意的结局。可这时候日军进城了，男主角的一个美国朋友用中国话对他说：“别忘了这个日子，不管日本人什么时候被赶走，北平是再也回不来了。”

是啊，那个古都，那种日子已经完结了，一去不返，永远消失在历史中。正如作者最后写的：“西直门大街上的尘土静静地沉下去，黄昏的夕阳默默无语，天边有一只孤雁穿云而去。”

（主讲　梁文道）

《逝去的武林》

拳法的最高境界

李仲轩（1915—2004），天津宁河县人，形意拳传人，武林名号“二先生”。34 岁从武林退隐，晚年在《武魂》杂志发表文章，提供了珍贵的史料和拳理资料，被誉为“中华武学最后一位见证者”。

这也是形意拳的一种打法，只要扭一扭身体，就可以如蜻蜓点水一样用肩、胯、臂绕倒对手。

小时候看武侠小说或电影，看到人在空中飞来飞去，或者一下跳上几层楼，总以为那些都是真的。长大之后才发现，原来不过是些想象或传说。在今天的国际武坛上，中国武术的名声其实并不好，虽然很多老外喜欢中国功夫，但总觉得它在实战上不如泰拳。很多传统武术都已沦为表演套路了，只适合在体育场上轮流出来耍一耍。

但是中国武术真的如此不济吗？还是那些最好的东西已经消失了？《逝去的武林》是武林中人的真实回忆，此书一出来就引起轰动，它让我们看到了一个真正的武林。

主人公李仲轩老人曾是北京西单一家电器商店的看门人，在他退隐江湖之前，武林中人都称他“二先生”。李仲轩是一位形意拳大师，他这一派的师承都很有渊源，他的师傅唐维禄[1]在清末民初名气很大。

形意拳究竟有多大威力呢？据说有一回，天津东边两个村子的村民因为争水起了冲突，眼看就要上演全武行了。唐维禄有一个徒弟丁志涛，号称“津东大侠”，听说了这件事就过去调解。后来大家还是动起手来，他看对面有人过来，拳一发力就打得别人直愣愣地站在那里，好一会儿抬不起脚来。这就是形意拳的“劈拳境”，一掌兜下去，就能把人“钉”在地上。等他一连“钉”了十几个人，大家全都傻了，一场流血事件就此摆平。

徒弟的功夫已经如此，师傅的本事可想而知。唐维禄是个挺和气的老人家，有时候练武也要跟徒弟们逗着玩。据说唐维禄喜欢穿白马褂，有一天他端了碗炸酱面，一边吃一边给徒弟们讲拳。徒弟们也很调皮，一拥而上撞老师，想把他的面撞洒弄脏他的白袍子。结果老师端着面不慌不忙地走了一圈，既没有用手，也没有用脚，就把徒弟们都撂倒在地了。这也是形意拳的一种打法，只要扭一扭身体，就可以如蜻蜓点水一样用肩、胯、臀绕倒对手。

这种只凭身体的晃动就能击倒对方的拳法听起来很神奇，如果再去看看李仲轩老人所讲述的练功过程之艰苦，就让人不得不信服其中

[1] 唐维禄（1868—1944），人称“赛白猿”，天津宁河县人，自幼务农，20岁师从形意拳大师申万林习武学艺，在宁河一带颇有名气。学成后到汉沽的沿海渔村教武授徒、除暴安民，诸多事迹在民间广为流传。

的道理。李仲轩说，他当年辗转学艺，请教唐维禄的一个同门师兄尚云翔，什么叫"虎豹雷音"。尚云翔抱来一只猫给李仲轩看，猫休息的时候，体内会有一种嗡嗡的咕噜声，这就是"虎豹雷音"。

这当中有什么讲究呢？一般人练功夫是由外入内练，但这样是练不通的，必须让自己的功力能像猫的咕噜声一样从体内振出来。如此里外一通，功夫也就大成了。书中还记述了他的另一位师傅薛颠[1]。薛颠是个武痴，非常喜欢钻研武功，他的武功也高到一个不可思议的地步。那时候武林人士每年都会有一个江湖聚会，大家在一起比试切磋，交流一下。这时候当然不真打，搭搭手就行了，如果谁自觉不敌，主动说一声"我晚了"，高下也就出来了。可是薛颠跟人家一搭手，对方往往反应不过来，还得薛颠自己说"你晚了"，甚至要再演示一遍，对方才明白过来，他已经敏锐到了这个地步。

后来抗日战争爆发，薛颠和一些武林中人纷纷写书，希望能把武功简化了教给大家，一起抗日。的确，形意拳本来就是岳飞传下来的，目的就是要用于战争。不过现代战争都是枪炮战了，在这种大背景下，武术只能渐渐沦为一种表演。

（主讲　梁文道）

---

[1] 薛颠（1887—1953），河北束鹿县（今辛集市）人，少年时读过几年私塾，不久弃文习武，拜李振邦、薛振纲为师，学习形意拳。

真爱的功课

《真爱的功课》

什么才是真正的和平

真空法师，越南人，二十世纪五十年代末开始过比丘尼生活，1968年追随一行禅师离开越南。

一个人从战争中学到的居然是连杀手都能原谅。在这样的前提下，所谓和平才是真正的和平。

前不久一行禅师[1]带着他的僧团来香港弘法，很多人都过去听他的演讲和开示。僧团里有一位比丘尼格外引人注目，就是七十多岁的真空法师。她看上去总是笑容可掬，非常慈爱。《真爱的功课》这本书是真空法师的自传，副标题叫“追随一行禅师 50 年”。我们通过此书可以了解越战前后越南的社会状况，以及一行禅师和他的弟子们在那个时期的工作与生活。

说起越南佛教，中国人可能不大了解。它也属于汉传的大乘佛教，不过在越战前后，当地很多佛教徒都放弃了与世无争的寺院清修生活，积极参与各种社会运动，如同我们今天所说的人间佛教的另一

---

[1] 一行禅师，1926年生于越南中部，16岁出家，越战时任越南佛教和平代表团主席，并创立青年社会服务学校、梵行佛教大学等团体。后定居法国，并在那儿建立禅修者活动团体——梅村。著有《正念的奇迹》《般若之心》等。

个版本。

当时越南的僧人有很多惊世骇俗的举动，有的还去自焚[1]。但这种行动并不是为了对抗某个目标，既不对抗越共也不对抗美军，只是希望双方能够被感化而放下屠刀。因为战争会让很多平民百姓受苦，对交战双方来说也是很痛苦的。

《真爱的功课》记录了很多诸如此类的悲惨往事。佛教徒们开始是遭到美国支持的南越政府的镇压，他们被看成是越南共产党的傀儡。而越南共产党取得政权之后，又把很多法师关押起来，再坐一遍牢，有些法师还被毒死。

真空法师说，那个时候她还年轻，想要学习英文，但一翻英文课本，里面全是空袭、机关枪这些词。有多少人学英文会从这些单词学起呢？这就是当年越南最流行的教材。

正是在这种情况下，越南佛教徒对和平的呼吁变成了一种全世界的行动，一行禅师也通过这些行动为世人所知，还被提名诺贝尔和平奖。1966 年，一行禅师在华盛顿召开记者会，发表他的五项和平建议：一、美国应该发表声明，帮助越南人民建立真正顺应民意的政府；二、美国应该停止所有轰炸；三、美国的军事行动应该只限于自卫；四、美国应该明确表示会在某个时间撤走所有军队；五、美国应

---

[1] 为了抗议南越吴庭艳政权对佛教徒的高压政策，1963年6月11日，越南佛教界德高望重的僧人释广德在西贡闹市用汽油自焚身亡。他在火焰中被烧成焦炭的惨烈场面被西方记者拍成照片，在全世界范围内引发强烈愤慨。这张照片和一张西贡警察当街处决嫌犯的照片一起，成为南越政权残暴的象征。

该帮助越南重建国家，但不附带任何政治和意识形态条件。

声明发表之后，南越政府当然把一行禅师他们视为叛徒，说他们都是越南共产党的走狗。反过来，那些左派进步青年也指责他们，说他们呼吁停止战争就等于承认美国派兵的合法化。在他们看来，战争应该一直持续到美军撤出为止。

那个时候真空法师还没有正式出家，但已经是一个佛教徒，当时有一所给他们佛教徒办的学校，叫青年社会服务学院。那儿的学生都积极投入和平运动，有的还冒着炮火到战场上收尸、救护伤员，但这些佛教徒同时遭到两边政府的仇视。

1967 年 7 月 5 日，学院里的四个学生一起被杀了。那些杀手动手之前还问他们："你们是青年社会服务学院的吗？"他们说："是的。"杀手说："对不起，我们要杀了你们。"然后就开了枪。

事发之后，越共说这是 CIA（中央情报局）特务干的。南越政府说，这是共产党干的，你们要谴责就谴责他们吧。而在佛教徒看来，不管是谁干的，都是残忍的暴力行为。为此，真空法师三天三夜没有睡觉，自己禅修，思考这件事。因为从一个幸存者口中，得知杀手们说："对不起，我要杀了你们。"她最后写挽词告诉大家说，我们要感谢这些杀手，因为他们说"对不起"，就证明并不是自愿这样做的，他们也是被迫杀人。我们希望这些人有一天会放下自己的无奈，参加我们的和平工作。

法师说得很好，没有谁是天生的杀手，背后都是有很多原因的。一个人从战争中学到的居然是连杀手都能原谅。在这样的前提下，所谓和平才是真正的和平。

（主讲　梁文道）

《你最重要的东西是什么？》

一个日本医生发起的心灵运动

山本敏晴（1965— ），出生于日本仙台，医学博士，曾以“无国界医师”、“日本医疗救援机构”医师身份在阿富汗、西非等地进行医疗援助。著有《她们所梦想的阿富汗》《世界最短命的国家》等。

为了这朵花，世界上可不可以不再有战争？

历史上有过不少这样的例子，有些医生突然发生转变，立志拯救国家和人民。比如孙中山和鲁迅，他们开始都学医，后来却放下了这个行业，希望从医治个别病人转向医治社会，医治整个民族。

《你最重要的东西是什么？》的作者是位日本医生，也是一位“无国界医生”[1]。他曾到过很多战火连天的地方救护贫民，不仅医治病人，还帮助当地人培养自己的医生，建立医院和医疗系统。但他最后发现，原来这些努力都不怎么管用，他们在阿富汗辛辛苦苦建立起来的医疗系统很快就被战火摧毁了。

于是山本医生意识到，还是医治人的心灵更重要。后来他发起了一个运动：你最重要的东西是什么？并用相机记录了活动过程，希望

---

[1] 无国界医生（Doctors Without Borders）组织于1971年12月20日在巴黎成立，是全球最大的独立医疗救援组织，每年有2000多位志愿人员在全球60多个国家服务，其成员深信全人类都有获得医疗的权利。该团体获得1999年诺贝尔和平奖。

通过艺术的方式感染世人。在柬埔寨，他交给一个小女孩一盒画笔和一张画纸，请她把自己认为最重要的东西画下来。小女孩就在教室的课桌上开始画，最后她画的是什么呢？一所房子。房子前面，她爸爸正在地上编竹子，原来一家人住的房子是爸爸一手用竹子编出来的。房子旁边是一片绿油油的稻田，很美。这就是小女孩心目中的家园。

有个叫普恩·萨美陀的小男孩画的是一头牛，这头牛画得非常逼真，他觉得他的动物伙伴最重要。另一个男孩孟·萨姆隆画的是落日下的吴哥窟，他认为国家历史和遗迹是最重要的。吴哥窟的确是柬埔寨人的骄傲。

可是现实中的柬埔寨仍然很落后，因为它经历了太多战火。还有一个孩子画了一只兔子，兔子正在跟旁边的小孩说话。它说，不要靠近那颗地雷，不然就会被炸断腿。柬埔寨大概是世界上埋了最多地雷的地方，受害者无数。作者说，他在那儿看到了太多这样的场面，有个小女孩被炸断了腿，靠在一辆帮助她行走的小车上，可是脸上还挂着笑容。

这个国家经历了太多苦难。越战期间，美国和越共不仅在越南土地上打，还把战火蔓延到柬埔寨。布拉赫依这个孩子画的就是他们一家人站在一起，表情似乎有点无奈。对他来说，家人是最重要的，但是战争改变了他们的命运。

还有一个孩子生活在垃圾堆上，就在柬埔寨首都金边附近。很多人住在这里，靠捡垃圾过活。这个孩子在纸上画了一朵花，对他来说最重要的东西是一朵花。也许这本书就是想让读者看到，无论一个人在什么样的境况下生活，他们心里都有这样一朵花。为了这朵花，世界上可不可以不再有战争？作者拍下这些照片，进行这个活动，就是相信这个世界是可以改变的，我们可以共同建设一个更美好的家园。

（主讲　梁文道）

《曼德拉的礼物》

牢狱生涯让心胸更开阔

理查德·斯坦格尔（Richard Stengel，1955— ），美国记者，《时代》杂志执行总编，曾和曼德拉共同执笔《漫漫自由路》，并任纪录片《曼德拉》的制片，该片获1996年奥斯卡奖提名。

任何人都有善良的一面，哪怕是你的敌人，也可以在你的激发下显现出善良本性。

监狱无疑能彻底改变一个人。有些人从监狱出来之后，可能痛改前非，也可能变成更坏的罪犯。还有些正直有良心的人，因为社会不公而坐牢，出来之后可能变得非常褊狭和愤怒，对整个社会充满了仇恨。也有人因为坐牢而变得更成熟、冷静、宽容、博爱，就像这本书的主人公曼德拉[1]。

作者理查德·斯坦格尔曾与曼德拉共同执笔他的自传《漫漫自由路》。这本书讲的是他与曼德拉相处过程中的感受。有趣的是，在他笔下，曼德拉并不是大家想象中的圣人，相反有很多地方不完美。

---

[1] 纳尔逊·曼德拉（Nelson Rolihlahla Mandela，1918—　），为推翻白人的种族主义统治进行了长达50年的抗争，铁窗面壁28年，终于为南非开创了民主统一的新局面，被尊称为南非国父。1993年获诺贝尔和平奖，著有《走向自由之路不会平坦》《斗争就是生活》等。

比如曼德拉对陌生人很热情，对熟人却很冷淡，他那亲切温暖的笑容只留给外人。在儿女和亲友面前，曼德拉是个不苟言笑的人，对他们的事情也漠不关心。

作者说，曼德拉对物质方面的享受都不感兴趣，对汽车、沙发、手表诸如此类的东西也不在乎，但是有一次派了一名贴身护卫开了一小时车去拿他最心爱的笔。他对自己的孩子很大方，但是对餐厅里的服务生就没那么慷慨了，每次给小费都一个硬币一个硬币地慢慢数，实在太小气了。

曼德拉说，不仅亲切能够装出来，勇敢也可以装出来。50 年代的时候，曼德拉还很年轻，有一次开车在街上不小心撞到一个骑脚踏车的白人男孩。男孩受了惊吓，不过没有受伤。曼德拉的第一反应是弯下腰，赶快把前座上他们非洲民族议会成员爱看的报纸收起来。因为有这么一份禁刊，就可以判你五年。

不一会儿警察来了，一看到他就骂："黑鬼，你今天要拉屎了。"意思是你今天要倒霉了。曼德拉回答："我不需要警察告诉我去哪里拉屎。"这话说得很强势，其实曼德拉吓得要命，但他提醒自己一定要装出勇敢的样子，一个人装得久了，最后就真的勇敢了。

对于民主，曼德拉强调"乌班图"[1]的部落传统，就是在部落会

[1] "乌班图"，即Ubuntu，这个词语来自于祖鲁语和科萨语，大意是"人道待人"，被视为非洲人的传统理念和民族观念，是建立新南非共和国的基本原则之一，与非洲复兴之路密切相关。

议上民主决定事情。有时候他带着自己的想法去国家执行委员会开会，如果有些人不同意他的想法，即便他深信他们错了，最后也会听从，这就是民主。在他看来，个别议题的重要性不如民主过程的运作本身重要，虽然个别议题输了，但让民主制度得胜更重要。可以想象，做到这一点，需要多么宽广的心胸。

曼德拉几乎从不说人坏话，哪怕是那些想处死他的人。南非前总统约翰尼斯·福斯特[1]曾感慨地说，真后悔当年没有处死曼德拉。后来有人问起曼德拉对福斯特的看法，曼德拉很真诚地说，他是个文雅的人，起码对我们都使用了礼貌的称呼。

曼德拉在罗本岛上的时候，有个囚犯和他关系不好，后来接受作者访问也表达了对曼德拉的很多不满。可是当作者问起曼德拉怎么看这个人时，曼德拉说，我从他身上学到了勤奋工作的重要性。

监狱生活让曼德拉的心胸更开阔而非心怀怨恨。在罗本岛的监狱里，开始那些囚犯总是被典狱长欺负，后来典狱长离职时，突然用很温和的态度对他们说，祝你们将来好运。曼德拉非常吃惊，随即向他表示感谢。通过这件事，他才知道这些人并不是没有人性，而是身上被强加了一些东西，他们的行为动机没有那么残酷。

当然这种态度曾招致很多人的批评，认为他太天真了，是软弱的

[1] 约翰尼斯·福斯特(Johannes Vorster, 1915—1983)，1978年起任南非共和国总统，执政期间，推行种族隔离政策。

表现，是对敌人罪行的姑息。但是曼德拉相信，任何人都有善良的一面，哪怕是你的敌人，也可以在你的激发下显现出善良本性。

（主讲　梁文道）

《狱中书简》

对他者的责任

瓦茨拉夫·哈维尔（Václav Havel，1936—2011），捷克剧作家，“布拉格之春”后发表“七七宪章”等自由言论批判捷克政府，1979年被判处有期徒刑四年半。捷克民主化以后，曾于1993年到2002年间担任捷克共和国的总统。代表作有《乞丐的歌舞剧》《无权力者的权力》《反符码》等。

我们对他人负有责任、怀有同情心这一点已经超出了自我意识之后的那个自我，是比自我在逻辑上更早存在的。

从古到今，我想全世界所有在监狱里写出来的文学作品、思想笔记或其他任何著作，加起来大概也能放满一整座图书馆了。这座图书馆不妨就叫“监狱图书馆”。

监狱是一种很独特的生存场所，身在其中的人与世界是隔离开的。在这种状况下，人与自身可能也会隔离。这时候，人到底是清醒还是迷狂？他会用文字构建出一个怎样的精神堡垒呢？

监狱书写中诞生了很多重要作品，比如意大利共产党前总书记葛兰西[1]的《狱中札记》就是学术界的经典名作。《狱中书简》也是一本狱中名作，作者是捷克前总统瓦茨拉夫·哈维尔。

哈维尔坐牢时给妻子奥尔嘉写了很多信，这些信的内容很复杂。

[1] 安东尼奥·葛兰西(Antonio Gramsci, 1891—1937)，意大利共产党领袖，1926年被捕入狱，《狱中札记》是意大利现代思想史上的重要著作。

哈维尔在很多人眼中是英雄人物，可是从信上看，他对自己的妻子简直冷漠无情。入狱第一年的那些信上全是命令，让妻子不要忘了给自己送这个送那个，甚至指挥她在外面需要做的事情，看得人挺心烦。

但是你要明白，妻子是当时哈维尔与外界联系的唯一管道，他的一切要求都集中在这个管道上，整个人也就显得特别刻薄。后来他也意识到这个状态，有一封信他说要写一个剧本，关于监狱的。坐牢的人去写一个关于坐牢的剧本，自己也觉得可笑。但他认为，在某种程度上。监狱环境就是人类普遍境遇的隐喻。

从这些信中可以看出哈维尔受过的哲学训练，他常常使用一个存在主义词语“抛掷”。人就像被抛掷到这个世界上一样，监狱就是一个人被狠狠地抛掷到孤离陌生状态的隐喻。在监狱里，一个人只能不停地面对过去和回忆，因为眼前没有什么新东西，未来也只能是编织的一些幻想。

哈维尔发现，身陷囹圄对生活的影响程度远远超出自己的预料。它渗透了日常生活的一切方面，从清晨到傍晚，从活动范围、行为举止、日常习惯到生活方式，简言之，它渗透到一切当中。不管他在思考什么，总能在这些思考中发现深陷囹圄留下的痕迹。它一直在那里，仿佛咒语一样无法脱身，甚至睡觉都躲不开。

因此他说，监狱给我提供了一个不可避免的框架、背景或坐标系，就像现象学中讲到的地平线概念。牢狱成为他生存的地平线，决定他的存在，无孔不入地渗透他的思考、情感以及对世界的认知。

他讲到有一天跟太太会面，感到特别紧张，很不自然，完全不像他们以往相处的状态。他感到很抱歉，同时也疑惑，本来他和狱友们都好好的，为什么在探望那一刻会变得这么古怪呢？那是因为他们突然间接触到了一个刺破监狱状态的人。很多人坐牢都难免越坐越褊狭，越坐越悲愤，也许是因为他们没有意识到监狱怎样在不知不觉中改变了自己。这种影响效果比身体所受的苦还要深远沉重得多。

捷克有很多知识分子都深受德国现象学影响，其中有一个人发挥了重要作用，就是胡塞尔与海德格尔的学生帕托契卡[1]。他把现象学带到了捷克，作为一个异见分子，他在大学没教多少年书就转到地下了。哈维尔是他的学生，深受现象学一脉的影响。

《狱中书简》的后半部几乎全是哈维尔一个人的哲学思考和对话，信写给妻子不过是个借口，写给谁并不重要，这只是他继续思考的一种方式。哈维尔在狱中对很多现象进行了观察，比如有一天他跟囚犯们看电视新闻，报天气预报的播音员说着说着突然卡壳了，声音消失，只剩下一些画面。意识到这个情况后，她非常尴尬。如果导播有经验，这时候应该马上切掉画面，但是导播没有处理，观众们就一起看着这个播音员在屏幕上沉默着。最后，她哭了。

哈维尔说，当常规的掩饰外衣脱落后，出现在我们面前的是一个

[1] 帕托契卡(Jan Patocka，1907—1977)，捷克哲学家，主要研究现象学。曾任教于洪堡大学及弗莱堡大学，1977年与哈维尔和伊希·哈耶克联合发表《七七宪章》。著有《自然世界作为哲学问题》《否定的柏拉图主义》等。

手足无措的可怜女人，她绝望地望着我们，然后又转向旁边的什么地方，但那样也无济于事。她的眼泪夺眶而出，就这样面对着成千上万的观众，绝望又孤独，好像被抛掷到一个陌生的、无助的、原始的赤裸之中。哈维尔再一次感受到人存在的孤寂，自己在监狱中的状况与电视上那个天气预报员所面对的窘迫是一样的。

哈维尔情不自禁地对这个陌生女人充满了同情，看到她的窘境，他也脸红脖子粗的不知如何是好，甚至想要哭出来。他感到悲哀，因为他不能帮助她，不能替她分担这种苦难。然后他开始觉得荒谬，身为一个囚犯，为什么要替一个电视播音员的尴尬意外而难过呢？为什么要关心一个并不认识的人呢？哈维尔想起读过的列维纳斯[1]的书。列维纳斯认为，对他者的责任是一种原始的、至关重要的情感，这种责任感比自由、意志、目标都重要，我们都被抛入其中，并且通过它超越自己。

哈维尔说，我完全同意他的观点，这种责任感是一种超越人类自身的存在，它不包含一丝一毫的私心杂念。当那个天气预报员戏剧性地暴露出自己的脆弱和无助时，你就会感到对她有某种责任感。在那种一下子剥去了披在人身上的外衣，向人们展示自身原初的、被遗忘的脆弱性的时刻，人总是对他人负有责任的。

[1] 伊曼努尔·列维纳斯（Emmanuel Levinas，1906—1995），法国哲学家，曾先后任教于普瓦提埃大学和索邦大学，1989年荣获巴尔扎恩哲学奖，著有《从存在到存在者》《伦理与无限》等。

因而，我们对他人负有责任、怀有同情心这一点已经超出了自我意识之后的那个自我，是比自我在逻辑上更早存在的。存在的根源与现实世界并不是彼此分离的处境，而是相互联系的现象，人的存在与这个世界是完整不可分割的。

联系到自身处境，哈维尔说，如果把监狱也作为一个现实存在，你就不能在里面完全臣服，而必须超越它。因为人总有一部分存在是监狱无法封闭、无法囚禁的。

（主讲　梁文道）

《致 D 情史》

执子之手　共赴黄泉

安德烈·高兹（Andre Gorz，1923—2007），法国哲学家，《新观察家》创办者之一，萨特的追随者。著有《历史道德》《和无产阶级告别》等。

你们怎么做，就会成为怎样的人。

环保运动如今已经成了全民参与的运动，每个人都知道它是怎么回事，也都愿意身体力行。不过大约四十年前，环保、绿色和生态学在政治上还是非常激进的想法，尤其对左翼而言。左翼以红色为代表，而红色指涉的是工业生产及工人力量。如果突然开始讲绿色，而且和以前工业生产优先的想法刚好相反，就难免会让人产生疑问：如果反对工业文明，会不会减少工人们的生计？工人阶级的生活怎么办？在这场争论中诞生了一位重要的思想家，就是本书作者安德烈·高兹。

《致 D 情史》这本小书与上述理论并没有什么关系，它只是作者的一本爱情自传，讲述他和妻子之间的爱情故事。他们共同生活了五十多年，2007 年患癌症多年的妻子将要离开人世，他就和妻子双双开煤气自杀于巴黎郊区的家中。这本书是高兹离世前几个月写下的。

书一开头就写道：“很快你就八十二岁了，身高缩短了六厘米，体重只有四十五公斤。但是你一如既往的美丽、优雅、令我心动。我们已经在一起度过了五十八个年头，而我对你的爱越发浓烈。我的胸口又有了这恼人的空茫，只有你灼热的身体依偎在我怀里时，它才能被填满。”

作者回忆了两人从相识到结婚的经过，他说：“我们简直没有一点相似之处，可一点关系也没有，我仍然能够感觉到，我们在本质上有相通之处，一种很特别的伤痕，就是我所谓的根本经验的东西。那是一种不安全的经验，甚至你我的这种经验就其本质也是有差别的，但这不重要。对于你我来说，它都意味着我们在世界上没有既定的位置，我们只有自己为自己打下的一方小天地，我们只能承担自己。但是在后来，我发现比起我来，你对此更有准备。”

所谓“根本经验”指的是双方幼年时在家庭中受到的伤害，这种伤害构成了他们彼此理解的基础。他们都是在不稳定、不安全感中长大的孩子，“我们注定要彼此保护，我们需要借助彼此，共同创造一个这个世界原本拒绝给予我们的位置。为了这个我们的爱情必须也是生活的契约”。契约指婚姻，在那个时代的法国知识分子中间，婚姻好像是一个奇怪的想法。萨特与波伏娃就是众所周知的一对，他们没有结婚。而萨特是高兹的老师。

作者的妻子曾问，在经历十年或二十年的变化之后，这种契约还能满足我们吗？他说：“如果你和一个人结合在一起，打算度过一生，你们就将两个人的生命放在一起，不要做有损你们结合的事情，建构你们的夫妻关系就是你们共同的计划，你们永远都需要根据环境的变化而不断重新调整方向。”你们怎么做，就会成为怎样的人，这几乎就是萨特的哲学，高兹如是说。

他们的关系后来演变成什么样了呢？作者说：“随着岁月的流逝，我们夫妻关系的基础也经历了改变，我们的关系成了一张滤网，我与现实之间的关系都要经过这张滤网。”也就是说，他们的爱情关系使得双方可以拥有自己的小世界，这个世界是完全不需要任何社会文化定义的。在这里，两个人彼此沉迷，互相归属。

书有大概三分之一的篇幅都是作者的忏悔，他后悔自己年轻时写了一本书，说他们的爱情是可有可无的。他非常后悔当年为什么要那样写。那时候他还很年轻，刚刚跻身学术圈，他认为“我对你的爱不讨我喜欢，我不喜欢爱上你的自己”。

后来，他反思这个想法。他说，那是因为“第一次我深深爱上一个人，同时也得到这个人的爱。以前我觉得这样的故事太平庸、太个人、太普通；相反，失败的、不可能的爱情，才是高贵文学的范畴。

我一向只在失败和虚无之美中感觉自在，而不是在成功和肯定之中。我必须位于你我之上，不惜以损害我们、损害你为代价，借助超越我们个体存在的思考”。

这是小说最为动人之处，作者显然还保留着作家的虚荣和思想家的自我意识，但他最后的选择很简单，就是放下自己的书写生涯，去面对一段平凡而深刻的爱情，陪妻子度过人生中最后一段时光，然后共赴黄泉。

（主讲　梁文道）

《森林日记》

真正的谦卑

朱台翔（1950— ），毕业于淡江大学数学研究所，曾任职于格致中学、铭传商专及淡江大学，1990年任森林小学校长、人本教育基金会董事长。著有《森林行吟》《教出会思考的小孩》等。

能保持一种真正的谦卑而不是伪装做作，这种品质非常重要。

我对教育界一直非常向往，但我至今不敢回到这个行业中。我觉得做一个好老师真的不容易，他至少得能随时随地地反省和批判自己，能保持一种真正的谦卑而不是伪装做作，这种品质非常重要。

我以前教书的时候，有一次在课堂上让全班同学一起讨论，大家一块儿设计一所心目中最完美的学校，从教学内容到校园环境，甚至连制服是什么样的这种细节都想到了。也就是通过这个实验，我发现要建立一种现存体制之外的乌托邦式的教育真的很难。

美国建筑大师路易·康[1]说过，最早的学校其实是森林，最早的老师也不知道自己是老师，只是坐在树下休息的时候顺便开始说故事而已。久而久之，那些想继续听他说话的人就被认为是学生了。现在台北真的有这么一所森林小学，那是一所非常特别的小学，一群热爱

[1] 路易·康（Louis Isadore Kahn，1901—1974），美国现代建筑师，曾任教于耶鲁大学和宾西法尼亚州立大学。著有《建筑·寂静和光线》《人与建筑的和谐》等。

教育的人因为无法再忍受过去那种填鸭式灌输的教学方法，无法再忍受用机械化的方式对待学生，就开设了这样一所体制外的小学。

《森林日记》讲述的就是在这所小学里发生的事，作者朱台翔是学校的创办人。她在书里记录了很多趣事，比如学校的开学典礼就是闯关，学生要分组，一关又一关地分别去闯校长办公室、老师办公室及图书馆。在每一关，老师都会想出一些难题为难这些学生，要全部答对了才能过关，全部过关了就顺利地开学了。

听起来还真是很奔放、很好玩，这就是森林小学的教育特点，他们希望学生能够在舒畅民主的课堂上接受独特的、有品质的教育。当然，这对老师来说也是很大的挑战。朱校长提到了一个叫林雄的孩子，是学校里唯一听力有障碍的学生，要戴助听器才能勉强交流。有好几次，这个孩子被人反映说偷了同学的东西，她决定找林雄来谈一谈。

他们只能用笔谈，她写一句，林雄回答一句。然后校长就傻了，这个孩子究竟在说什么呢？她没有想到，长期的听力障碍使林雄根本无法抓住每一个信息，这不但简化了他的世界，更影响了他与别人的沟通能力。两个人就这样开始了夹缠不清的漫长笔谈。

比如她问林雄："另一个小孩的忍者龟不见了，怎么在你的柜子里找到了？"林雄写："我不要忍者龟。"她再问："你的意思是说，这些忍者龟是你的？"林雄却写："我是忍者龟。"这是什么意思啊？

然后她再写："你有没有说实话？"林雄写："我掉了。"我的天哪！简直让人头晕。但校长还是坚持跟他慢慢写下去，试图读懂他的意思。后来她发现，林雄开始逃避现实了，不肯再正面回答问题，只是一直说我好累，我要回去睡觉了，等等。

校长只好把那些指控他偷东西的同学都叫进来做个见证。大家一起写，后来纸不够用了。校长就跑出去又拿了一沓，她已经快按捺不住自己的情绪了，现在证据确凿，这个孩子怎么还不认错？

最后她决定再问一次："我们希望每个小朋友都说实话，犯错没有关系，要诚实才能改过来。我再问你一次，到底有没有拿国义、诺诺的忍者龟？"林雄也急得脸都憋红了，他颤颤地在纸上写："我拿忍者龟给诺诺、国义，我没关系你。"

这时候，校长恍然大悟。天哪，原来林雄的"我没关系你"就是"对不起你！"而"我没关系你"在他笔下已经出现不下十次了。从他承认妈妈不肯给他买忍者龟的时候起，就已经在道歉了，但被自己的语言及情绪模式阻碍着，表达不出来。

由此作者试着问自己，当一个人使用我听不懂的语言和我交谈，我会生气吗？当别人学不会我的语言，我该生气吗？如果林雄不会与我沟通我就可以生气，那我也不会跟他沟通，他该生气吗？如果没有这样的自我审视与批判，教育民主如何成为可能呢？

（主讲　梁文道）

《地狱里的温柔》

卡夫卡的惨淡童年

林和生（1954— ），学者、作家、翻译家。四川省社会科学院文学所研究员，著有《犹太人卡夫卡》《绝望的一跃：孤独天才克尔恺郭尔》等。

他缺失的童年所带来的创伤正是他一生暗淡的阴影。

《地狱里的温柔》的封面上有一句话："没有人能唱得像那些处于地狱最深处的人那样纯洁。凡是我们以为是天使的歌唱，那是他们的歌唱。"这是卡夫卡的话。有人曾形容卡夫卡的文字像是来自地狱里的歌声，有一种骨子里的温柔，同时也让人感到不寒而栗的恐惧。

这本传记讲述了卡夫卡的爱情、家庭以及病重后的时光。要深刻了解卡夫卡并不容易，他的作品让人感到高深莫测、神秘不安，不过这本书可以给我们提供一些想象的依据和空间。

要了解卡夫卡，首先要理解他和犹太文化的关系。犹太民族对现代文明史作出了重要贡献，著名的人物有斯宾诺莎、爱因斯坦、毕加索、卓别林等，当然也包括卡夫卡。卡夫卡的苦难是犹太民族的缩影，在他们的性格中，格外秉承了虔诚、希望和奉献精神。

书中引用了卡夫卡的一句话："除非是逃到这个世界上来，否则怎么会感到高兴呢？"这话让人感到绝望、哀伤和彻底的无奈。卡夫卡的父母都没有愉快的童年，他也没有。他出生在布拉格一个犹太人的旧城区，房子里充满了霉味，床褥散发出陈腐之气，到了夜间，暗淡的烛光下只有耗子打架的声音。

这样的环境会在卡夫卡六岁以前的记忆中留下什么呢？他潜意识里一定潜藏着这种童年的阴影。多年以后，他与朋友聊起童年时说，其实在我们的内心深处，总会有一些阴森黑暗的角落，像漆黑的窗户、肮脏的庭院，在那里，我们坐立不安，心在不停地战栗。

卡夫卡的性格中带有一种病态的敏感。在他的印象中，父亲并不亲切，相反总是带有一种威胁性的粗野。他成年以后给父亲写过一封很长的信，开头他这样写道："亲爱的父亲，您最近问我为什么对你感到恐惧，这个问题如同往常一样让我无从回答。一来我确实对您感到恐惧，二来畏惧的缘由太多了，很难说清楚，只能试着用书面形式回答。即便如此，我在写这封信的时候还是非常畏惧，也许会影响畅所欲言的表达。”

不过这封信还是长达三万五千字。卡夫卡在信中说，他的世界可以分成三部分，第一部分是属于他自己的，在那里他像奴隶一样生活着，饱受各种约束；第二部分是父亲的世界，而他好像永远在发怒，离他无限遥远；第三部分是他和父亲以外的世界，那里所有人都过着快乐、自由、幸福的生活。

卡夫卡与父亲的关系是这样的，他的母亲呢？母亲总是忙于生计，完全无暇顾及她的第一个孩子卡夫卡。他缺失的童年所带来的创伤正是他一生暗淡的阴影。卡夫卡说过，伤口是生活的表象，而童年是他最大的伤口和缺失。从他的作品中，我们能感觉到卡夫卡的敏感和脆弱，他好像一直都在生病。不过从照片上看，他是个高大英俊的人，据说有一米八三，眼睛也很漂亮，清澈而深不见底。

卡夫卡一生有过三次婚约，不过后来都解除了。因为肺结核的缘故，他常常去疗养院休养，在那里很容易和某位红颜知己发生短暂的恋情，甚至在订婚之后也是如此。有一次，他的未婚妻和情人围着他进行了一次审问，那个场面给卡夫卡带来深深的罪孽感，毕竟他是个精神上十分脆弱的人。不过正因此，他写下了不朽的名著《审判》。

（主讲　沈星）

图书在版编目（CIP）数据

我读.4 / 凤凰书品编.— 长沙：湖南文艺出版社，2012.4
ISBN 978-7-5404-5403-6

Ⅰ.①我…　Ⅱ.①凤…　Ⅲ.①书评—中国—现代—选集
Ⅳ.① G236

中国版本图书馆 CIP 数据核字（2012）第 034047 号

我读 4

编　　者： 凤凰书品
出 版 人： 刘清华
责任编辑： 丁丽丹　刘诗哲
监　　制： 蔡明菲　潘　良
特约编辑： 杨丽娜
封面设计： 张丽娜
版式设计： 姜利锐
出版发行： 湖南文艺出版社
（长沙市雨花区东二环一段 508 号　邮编：410014）
网　　址： www.hnwy.net
印　　刷： 北京通州皇家印刷厂
经　　销： 新华书店
开　　本： 775mm × 1120mm　1/32
字　　数： 150 千字
印　　张： 8.5
版　　次： 2012 年 4 月第 1 版
印　　次： 2012 年 4 月第 1 次印刷
书　　号： ISBN 978-7-5404-5403-6
定　　价： 32.00 元
（若有质量问题，请致电质量监督电话：010-84409925）